SHUMONA SINHA
STAATENLOS
ROMAN

AUS DEM FRANZÖSISCHEN
ÜBERSETZT
VON LENA MÜLLER

EDITION NAUTILUS

Die Originalausgabe des vorliegenden Buches
erschien unter dem Titel *Apatride*
bei Editions de l'Olivier, Paris 2017

Die Übersetzung aus dem Französischen wurde
mit Mitteln des Auswärtigen Amtes unterstützt
durch Litprom e.V. – Literaturen der Welt

 Dieses Buch erscheint
im Rahmen des
Förderprogramms
des Institut Français

Zitate fremdsprachiger Autoren wurden
folgenden deutschsprachigen Ausgaben entnommen:

Nâzim Hikmet, »Wie Kerem« (1934), in:
*Hava kursun gibi agir / Die Luft ist schwer wie Blei.
Gedichte.* Aus dem Türkischen von
Helga Dağyeli-Bohne und Yıldırım Dağyeli,
Dağyeli Verlag 1988.

Guillaume Apollinaire, »Rheinische Nacht« (1913),
in: *Alkohol. Gedichte französisch-deutsch.* Aus dem
Französischen von Johannes Hübner
und Lothar Klünner, Luchterhand 1976.

Wenn wir nicht brennen
Wie kann die Finsternis erleuchtet werden?

Nâzim Hikmet

Lehmschauer

Sie kam an einem Morgen zu Frühlingsbeginn hier an. Die Bäume waren noch kahl. Bis auf die Trauerweiden. Das Wasser, das gemächlich unter dem Gitter der Rinnsteine plätscherte, erinnerte sie an japanische Gärten. Sie folgte der menschenleeren, schnurgeraden Straße, die dann nach links abbog und die vom Morgentau feuchten Getreidefelder in zwei Teile schnitt. Verschlafene Häuschen tauchten auf. In weiter Ferne sah sie das weiße Schild, auf dem der Name der Stadt stehen musste. Sie beschloss, bis dorthin zu gehen. Und so lief sie trotz der Müdigkeit noch lange weiter, obwohl das Laufen doch schwerfällt, ohne Beine, ohne Füße, ohne irgendetwas unterhalb der Brust.

Einige Stunden zuvor war sie erwacht. Die Dunkelheit war wie Staub in ihre Augen gedrungen. Im Liegen hatte sie die Arme nach oben gestreckt und war gegen eine Decke gestoßen. Sie hatte die Fingernägel hineingebohrt, und Erde war auf sie heruntergerieselt. Da hatte sie sich an eine Schaufel erinnert, an mehrere Schaufeln, an eine im Gras liegen gebliebene Taschenlampe, an die weiße Zunge ihres Lichtscheins, an das dumpfe, regelmäßige Geräusch der Lehmschauer auf ihrem Körper, ein Brennen in der Lunge, die sich verzweifelt weitete, um ein wenig Sauerstoff einzuatmen. Sie hatte aufstehen wollen, ihre Beine ausstrecken, den Lehmhaufen vor ihr mit den Zehen berühren. Aber das vor ihr war eine formlose, körperlose Nacht, eine leere, trockene, freie Nacht. Sie hatte die Hände über ihr Gesicht, ihren Hals, ihre Schultern, ihre Brust wandern lassen. Sie hatte ihren Bauch gesucht, aber sie hatte keinen mehr, auch keine Beine, kein Geschlecht mehr, unterhalb der Brust ein Haufen Asche, trocken, schwarz, der sich bald in alle Winde zerstreuen würde. In Panik hatte sie sich ruckartig aufgesetzt und war heftig gegen die Erddecke gestoßen.

Da hatte sie die Stöcke wieder vor sich gesehen, um deren Enden nach Kerosin, nach Feuer stinkende Lappen gewickelt waren, hatte ihre Hitze gespürt, den Atem der Flammen gehört. Sie hatten sie vergewaltigt, erwürgt, hatten ihren Körper angezündet, sie hatten sie von den Füßen bis zur Brust verbrannt, um die Frau in ihr auszulöschen, die gelebt und geliebt hatte. Sie hatten den Körper in ihrem Körper verbrannt und begraben, das winzige Leben, das im schwarzen Wasser ihres Bauchs schwebte.

Sie hätte nicht sagen können, wie lange sie, gelähmt vor Angst, dagelegen hatte, sie wollte den Tag abwarten. Und um ans Ende der Nacht zu gelangen, musste sie das Grab hinter sich lassen. Sie hatte begonnen, die Decke aus Erde über ihrem Kopf abzutragen. Sie hatte beschlossen aufzustehen, zu gehen, die Straße zu überqueren und die Stadt zu erreichen.

Mitten in der Nacht schreckte Marie hoch. Sie hatte den Eindruck, dass jemand im Zimmer war, schwer atmend, in der Dunkelheit zusammengekauert. Sie

8

hätte reflexhaft die Nachttischlampe anschalten sollen, aber sie rührte sich nicht, sie hatte Angst, aber eine furchtbare Traurigkeit half ihr über den Schrecken hinweg, sie stützte sich auf die Ellenbogen, wartete geduldig, als ob es so hatte kommen müssen, dass man sie besuchen kam, dass man die Erde und das Grab aufwühlt und aufsteht, geht, die Meere überquert, die Ozeane und Kontinente, und zu ihr kommt.

Marie flüsterte: »Verzeih mir! Ich sollte mich nicht vor dir fürchten, Mina! Ich bin froh, dass du da bist!«

Der Kreis der Auserwählten

In der Metro war zwischen zwei Frauen plötzlich ein heftiger Streit entbrannt. Eine hatte goldbraune Haut, dunkle Locken, die ihr fleischiges Gesicht umrahmten, einen Pony, der ihre großen, haselnussbraunen Augen verdeckte. Die andere war schwarz, trug strohblondes Kunsthaar, das sich über ihren Rücken wellte, lange, blaue und orangefarbene, mit Strass besetzte Nägel. Die erste hatte den Arm in einer Schlinge, die Hand eingegipst. Bei einem abrupten Bremsmanöver der Bahn war die zweite an den verletzten Arm gestoßen, und sofort waren sie lauthals übereinander hergefallen. Immer heftiger zeterten und schimpften sie, beleidigten und drohten einander, bis ihr verbaler Zusammenstoß eine andere Wendung nahm. Jede rühmte sich, rechtmäßige Staatsbürgerin dieses Landes zu sein, sich rechtmäßiger als die andere auf französischem Boden aufzuhalten, auf der sozialen Leiter weiter oben zu stehen, und war der grimmigen Überzeugung, die mutmaßlich Unterlegene mit gutem Recht niedertrampeln zu dürfen. Die eine kletterte auf eine Sitzbank, brüllte sich die Stimme heiser. Sofort stieg auch die andere auf einen Sitz. Sie begannen, sich zu schlagen. In diesem Augenblick gingen ein paar Fahrgäste dazwischen. Beim nächsten Halt stieg die erste aus, die zweite schlug gegen die Scheibe und zeigte ihr den Mittelfinger, während die Metro im Tunnel verschwand.

Während des Zwischenfalls hatte Esha den Kopf gesenkt gehalten. Dann war ihr Blick dem des jungen Mädchens begegnet, das ihr starr vor Angst gegenübersaß, das Gesicht so blass wie die Augen. Wortlos hatte sie sie beruhigt und dabei ihre Tasche an sich gepresst, ihr ganzes Leben war da, in diesem Packen Dokumente. Woher kam diese hysterische Energie, als ob man wie ein Hund ständig sein Territorium markieren müsste? Niemand wusste, wann dieses schreckliche pyramidale System zwischen den Menschen und ihren früheren Herren entstanden war, zwischen den ehemaligen Dienern, die nördlich und südlich der Wüste aufgebrochen waren, den Reisenden vom blauen Fluss und vom weißen Fluss, jenen von den Inseln, vom Vulkanarchipel und den Exilanten des ehemaligen roten Regimes, die nach weißen, nach einfachen und freien Tagen suchten.

Links von ihr saß eine junge Frau, die sie »Mademoiselle Porzellan« hätte nennen können. Als Esha sie ansah, wich sie ihrem Blick aus, verzog das Gesicht, verkrampfte sich auf ihrem Sitz und schloss die Augen.

Esha hatte Lust, jemanden anzurufen, egal wen, sie ging im Kopf die Männer durch, ihre Namen und ihre Gesichter, als sie gerade ihre Wahl treffen wollte, leuchtete das rote Ausrufezeichen neben dem grünen Symbol für SMS auf. Und ein weißer, muskulöser, nackter Körper nahm den Bildschirm ihres iPhones in Beschlag, ein Körper ohne Gesicht, ohne Botschaft. Mit wenigen Worten vereinbarte sie ein Treffen für den Abend. Was ihr von diesen Männern blieb, Bruchstücke von Liebe ohne Worte, ein Blick, Finger, ein tiefer Bauchnabel und ein gewölbter Po, eine Unbeholfenheit, ein Rechtschreibfehler, grammatikalische Verfehlungen, Anrufe mit unterdrückter Rufnummer, dann Überdruss, Vergessen, gesperrte Nummern. Ihr Laken nahm keinen Geruch an, außer dem des schlüpfrigen Gummis, traurig und desillusioniert.

Nach dem Konflikt verband eine besänftigende Solidarität die Fahrgäste im Waggon, sie lächelten einander beruhigend zu, tauschten Belanglosigkeiten über das Leben, die Stadt, das Wetter aus. Eine Frau, die mit ihrem Säugling auf dem Arm auf dem Klappsitz neben der Tür saß, stand auf, um ihren Platz mit rauer, selbstbewusster Stimme einer alten Dame anzubieten. Dann spuckte sie etwas, das sie vorher gekaut hatte, in ihre Handfläche und steckte es ihrem Kind in den Mund, das seinerseits darauf herumkaute, ein Bissen Brot oder wer weiß was, winzig, eingespeichelt, zerkleinert von der Mutter für das Kind. Sie stieg bei der nächsten Haltestelle aus, mischte sich unter die Touristen auf ihrem Weg zum riesenhaften Lichtturm.

Auch Esha stieg dort aus, erleichtert, die ungeliebten, die schmutzigen, stinkenden Bahnhöfe hinter sich zu lassen, den Eisen-und-Diesel-Bahnen zu entkommen, die sie jeden Morgen auf die andere Seite der Mauer, auf die andere Seite der roten Linie brachten, in den Nordosten von Paris. Dort, wo Typen vor dem KFC standen und Zigaretten verkauften, mit einem Geräusch, als würden sie Schafe zusammentreiben, die Zunge schnalzend an die Zähne und den Gaumen gepresst. Dort, wo alte Männer mit weißen Käppis überwachten, ob die Passantinnen ihr Haar bedeckten oder nicht. Das Gymnasium, in dem sie seit September arbeitete, befand sich dort, neben dem holprigen Gehsteig, den leprösen Wänden und den wortkargen Menschen, die ihre Energie nicht für Höflichkeitsfloskeln verschwendeten, die ihre Beine zum Gehen brauchten, ihre Ellenbogen, um sich einen Weg durch die Menschenmenge zu bahnen, und ihre Augen, um das Leben zu prüfen, zu begutachten, zu erfassen.

Sie befand sich in diesem ständigen Hin und Her zwischen Zentrum und Peripherie, zwischen dem, was ihr wie ein Block aus Stein erschien, durchscheinend, unerschütterlich, undurchlässig, und dem ganzen Rest ringsum, abgelegen, abgenutzt, schemenhafte Mäander fremder Leben.

Esha hatte Jahre gebraucht, um dort anzukommen, sie hatte ihr Leben hingegeben für dieses Leben. Sie ging weiter, ihre Tasche an die Brust gepresst, als trüge sie einen Säugling. Zertifikate, Nachweise, Empfehlungsschreiben, Anträge und Erklärungen, Fotos und Fotokopien – Jahre und Länder, Jahreszeiten und Städte, um ihren Weg zurückzuverfolgen, zur Vergangenheit vorzudringen, zum Ursprung der Dinge, um zu verstehen, wie sie hier gelandet war, um ihr Profil zu erstellen, ihre Erfahrungen und ihre Absichten zu durchleuchten, bevor man an höchster Stelle über sie entscheiden würde, bevor man ihr zutrauen würde, eine würdige Staatsbürgerin Frankreichs zu sein. Esha lief es kalt den Rücken hinunter. Würde auch sie eines Tages auf einen Metrositz steigen, um ihre Daseinsberechtigung zu unterstreichen? Würde sie eine Tätowierung aus Zahlen und Buchstaben, ein Zeichen auf dem Arm, im Nacken tragen, um auf ihre Zugehörigkeit, ihre Treue, ihre Ergebenheit hinzuweisen?

Links waren der Turm, die Menge, der kühle, feuchte Wind, rechts ragten die Mauern des Friedhofs in die Höhe. Auf der anderen Seite des Platzes, auf der anderen Seite der von Touristen überlaufenen Cafés begann die Avenue und führte in die ruhige Geometrie eines anderen Lebens.

Sie lebte am Ende der von Tankstellen, Autovermietungen und chinesischen Imbissläden gegliederten Straße, mit Menschen unterschiedlichster Herkunft, die sich an dieses Ende klammerten wie an den Schwanz einer langsamen, müden Schlange, deren Leben sich weiter oben abspielte und die diesen Pöbel jeden Moment wie unnützen Ballast abschütteln könnte. Das Leben dort war für diese Leute die letzte

Chance, um in Reichweite des Wohlstands zu bleiben, koste es, was es wolle.

Wer zum Arbeiten herkam, für Reparaturarbeiten, Auslieferungen oder für ein Essen in einem der Restaurants mit Sicht auf den Turm, begutachtete die Anwohner, konnte die authentischen Ansässigen von den Amateuren unterscheiden. Man erkannte sie von Weitem, die echten, mit ihren Hüten und ihren Pelzbergen, ihrem alten, mit Edelsteinen besetzten Goldschmuck, ihrem auf den Boden gehefteten Blick und der Hand auf der Brust, ihrem gesetzten Schritt und dem Geruch nach geschlossenen, mit Tapeten und Marmor ausgekleideten Räumen.

Die Arbeiter und Mechaniker, die Provinzler an den Tischen der Cafés irrten sich nie. Von Weitem machten sie die Betrüger, die Eindringlinge, die schwarzen Schafe in dieser Landschaft aus, die Handvoll Menschen einer Klasse, die in der Nähe des Turms nur geduldet wurde. Sie erregte ihre Aufmerksamkeit, eine Frau ohne Begleitung, ohne Herrchen, nicht reinrassig, eine brennende Sonne unter der Haut als einziges Erbe. Die Stadt war letztlich bloß ein riesiges Dorf, eine Vorstadt, wo die Leute sich ihre Zeit damit vertrieben, die anderen zu beobachten, zu bewerten, zu billigen oder zu missbilligen. Eine Fliegen-Stadt mit einer Vielzahl gieriger Augen. Die Männer sprachen sie an, musterten und kommentierten sie, wenn sie vorbeiging, folgten ihr von einer Avenue in eine Seitenstraße; die Frauen, die die Hunde oder Kleinkinder ihrer Arbeitgeber spazieren führten, musterten sie ebenfalls, ärgerten sich und murmelten etwas vor sich hin. Alle erinnerten sie daran, wo sie herkam, wo sie herkamen, sicher angetrieben von einem Gefühl seltsamer Brüderlichkeit, ihr verbunden in der Erinnerung an Elend, Pech und eine traurige Herkunft.

Sie musste einen Panzer tragen, eine Maske, Kopfhörer, und in den rosa, orange und samtig purpurfarbenen Himmel zwischen den Haussmann-Fassaden mit den smaragdgrünen Kuppeldächern am Ende der Straße schauen. Sie musste sich außerhalb ihrer Wohnung stets wie ein Soldat in Habtachtstellung bewegen, den Mund mit schwarzem Faden vernäht, eilig den öffentlichen Raum durchqueren, um von A nach B zu gelangen, von einem Privatraum in den nächsten, ohne sich Ärger einzuhandeln, ohne von den Worten verätzt zu werden.

Das Hauptquartier

Als der Generalsekretär der kommunistischen Partei, der auch der Bezirksabgeordnete war, sie sprechen wollte, wusste Mina nicht recht, ob das ein gutes Zeichen war, ob sie sich Sorgen machen oder sich angesichts dieser Aufmerksamkeit geehrt fühlen sollte. Seit der Abgeordnete in Vorbereitung seiner zweiten Amtszeit diese Gegend von Westbengalen bereist hatte, hatte er den Bau der Automobilfabrik zu seinem persönlichen Projekt gemacht.

Sie besprach sich mit ihren Eltern. Ihre Mutter zeigte ihre Missbilligung durch heftiges Rühren in der

Linsensuppe, was ein metallisches, von Luftblasen und Dampf gemildertes Geräusch verursachte. Ihr Vater schien verwirrt. Seit einiger Zeit schon verstand er die Welt, die ihn umgab, nicht mehr. Er lebte im Rhythmus der Ernten, hielt die Tage und Monate und Jahre in der Hand wie einen gut durchgekneteten Klumpen Lehm, wie ein Bund Spinat, einen Strunk Kohl, ein Bündel Schilf. Die Jahreszeiten wanderten durch ihn hindurch, ihre Abstufungen von Blautönen, im Frühling sanft, im Sommer weißlich, verfärbten sich grau, schwarz, kräftig, gingen in Schauern auf ihn nieder, auf sein Dach, der Weiher trat über die Ufer und überschwemmte seinen bescheidenen Hof, wo er kleine, ungeschickte Fische fing. Er mochte den Fischgeruch an seinen rauen Händen nicht, er wartete ungeduldig, wieder zurück auf die Felder zu können, um sich über die Pflanzen zu beugen, ihre jungen Wurzeln zu pflegen, das Unkraut zu jäten, wobei er sich ab und zu schüttelte, um die Blutegel von seinen Füßen im Wasser zu vertreiben.

Auf die Fragen seiner Tochter antwortete er mit Schweigen und blickte zur Decke seiner Hütte aus Schilf und Bambus. Vor der Tür wurde der kahle, unebene, staubige Hof breiter und ging in die Höfe der Nachbarn über, um sich dann wieder zu verengen und als schmale, holprige Straße das Dorf zu durchqueren. Weitläufige, überflutete Reisfelder, von denen das ganze Jahr ein kühler, feuchter Wind herüberwehte, umgaben die Handvoll Häuser. Der Wind warf sich gegen die grün bewachsenen Hügel, immer bläulicher, dunstiger zum Horizont hin, wo Kalkutta lag, weit weg, irgendwo im Nebel, von wo nur allzu selten ein Gerücht bis hierher durchdrang.

Soweit er sich erinnerte, hatten sein Vater und der Vater seines Vaters hier gelebt, neben den Bäumen, neben den Reisfeldern. Bis vor Kurzem war die Zeit eine weite Ebene gewesen. Er war den vorgezeichneten Schritten der Männer der Familie gefolgt und hatte nicht gedacht, dass dieser friedliche Rhythmus aus Arbeitstagen und Nachtruhe unterbrochen werden könnte. Aber die Politiker hatten alles durcheinandergebracht, sie hatten entschieden, die Landschaft umzuformen, diese ländliche Gegend, Tajpur und Umgebung, in einen Hinterhof der Stadt zu verwandeln. Sie hatten es nicht für nötig befunden, die Bauern über den Verkauf ihrer Felder an internationale Investoren für den Bau einer Automobilfabrik zu unterrichten, weil weder Minas Vater noch die anderen Landbesitzer waren. Sie waren bloß einfache Bauern, die die Felder für die Ernte pachteten und nur ihren Lebensunterhalt erwirtschafteten, ihre Wünsche und ihre Stimmen fielen weniger ins Gewicht als die der Zugvögel, die die Ernte stibitzten, sie standen mit den Füßen im Wasser und im Schlamm, den ganzen Körper über die Wurzeln der Pflanzen gebeugt, aber diese Erde, die sie kneteten und besser kannten als den Körper ihrer Frau, gehörte ihnen nicht. Nun wollte man sie selbst wie Unkraut ausreißen, den Boden platt walzen, das Wasser abpumpen, um alles zu betonieren und einen Jahrmarkt aus Karosserien zu errichten, die ihren Durst am Ölbrunnen stillen würden.

Mina rief ihren Bruder auf seinem Mobiltelefon an, aber er hob nicht ab. Sie hörte sich die Filmmelodie bis zur letzten Note an, bevor sie eine Nachricht hinterließ. Sie dachte an Sam, traute sich aber nicht, ihn anzurufen: Seit einigen Wochen, seit ihrem letzten heimlichen Treffen, mied er sie. Sie ging auf die Straße, um mit den Nachbarn zu reden, alles Bauern, Freunde ihres Vaters. Als am Abend der Sekretär des Abgeordneten kam, um ihr die Uhrzeit des Treffens mitzuteilen, stammelte sie ein paar Worte, ohne recht zu merken, dass sie sich bei ihm dafür bedankte, ihr ein Treffen zu gewähren.

Mina ging also am nächsten Abend zum Sitz der Partei. Das zweistöckige Gebäude mit seinem roten Anstrich, seiner quadratischen Form und seiner großen, schmiedeeisernen Eingangstür war nicht zu übersehen. Die Schnellimbisse, Handyläden und Internetcafés wirkten daneben wie die Ställe und Schuppen eines Herrenhauses.

Sie stieg die Treppen hinauf und begegnete auf dem breiten Flur des ersten Stocks einem Mann, der sich an einem Zinnkessel zu schaffen machte. Sie stellte sich vor, während er auf einem mit Tintenflecken gesprenkelten Tisch mit Schubladen voller alter Zeitungen Tee zubereitete. Der Abgeordnete gab gerade ein Fernsehinterview, weswegen der Mann aus dem Flur sie bat, im Sitzungssaal zu warten. Große Porträts von Marx, Engels, Lenin, Stalin und den indischen kommunistischen Führern schmückten die Wände. Von der Decke hing ein ockerfarbener, vierblättriger Ventilator, schmutzig und voller Spinnweben. Zwei lange

Tische bildeten einen Winkel. Sie setzte sich auf einen der vielen Stühle, die ringsherum standen. Der Mann aus dem Flur kam und brachte ihr Tee.

Mina wartete. Die Zeitungen auf den Tischen interessierten sie nicht. Sie hatte den Linien der Wörter nie folgen können, sobald sie sie betrachtete, wimmelten sie über die Seiten wie Wildameisen. Nach zwanzig Minuten holte ein junger Genosse sie ab, um sie ins Büro des Abgeordneten zu bringen.

Das Fernsehteam war gegangen. Der Abgeordnete trug einen roten Wollschal, der sein Kinn verdeckte und seine fleischigen Lippen und seinen dicken Schnurrbart hervorhob. Seine grau melierten Haare waren auf der Seite gescheitelt, eine große, sorgfältig drapierte Schulkindlocke verdeckte seine Stirn. Er fasste sich an die schwarz gerahmte Brille, hob sie leicht an, setzte sie wieder auf, rückte sie zurecht.

Der junge Genosse setzte sich auf einen Stuhl neben der Tür und legte die Hände in den Schoß. An der dem Abgeordneten gegenüberliegenden Wand war ein Fernseher angebracht, auf dem die Abendnachrichten liefen, mit drei über den Bildschirm laufenden Informationsbalken zu drei verschiedenen Themen.

»Bring der jungen Dame einen Tee«, rief der Abgeordnete.

»Nein, nein, ich habe schon einen getrunken, danke.«

Er warf ihr einen überraschten Blick zu, als habe er von ihr keine Erwiderung erwartet.

Der Mann aus dem Flur brachte drei Tee auf einem Edelstahlteller, eine Tasse und zwei Becher.

»Habt ihr keine Tassen?«

Die Stimme des Abgeordneten hallte durch den Raum. Jemand spähte durch die Tür und verschwand sofort wieder.

»Das ist nicht schlimm! Ich kann ebenso gut aus einem Becher trinken.«

»Habe ich dich gefragt, ob es schlimm ist?«

Dieses Mal wirkte er nicht überrascht, er schien sich zu freuen, die Vermessenheit der jungen Frau aufgezeigt zu haben, die es wagte, über die Qualität der Ausstattung der Partei zu befinden.

Mina lächelte verlegen. Verknotete die Enden ihres Schultertuchs, entknotete sie wieder.

»Groß bist du geworden, sieh einer an, richtig erwachsen!« Der Abgeordnete gab seiner Stimme einen warmen Klang und wandte sich an den jungen Aktivisten: »Sie ist groß geworden, nicht wahr?«

»Ja, Sir!«, murmelte dieser und wich dem Blick des Abgeordneten aus.

»Ich kenne dich schon, seit du so klein warst.« Er zeigte mit der Hand die Größe des Mädchens, das sie gewesen war, nicht größer als ein Hocker. »Dein Vater ist ein guter Mann, ich kenne ihn, ich kenne ihren Vater, nicht wahr? Aber was hast du mit diesen Störenfrieden zu schaffen? Was soll der Blödsinn? Warum mischst du dich ein?«

»Herr Abgeordneter, vielen Dank, dass Sie mir die Möglichkeit geben, Ihnen zu erklären…«

»Du hast mir gar nichts zu erklären! Dein Platz ist woanders. Du hörst jetzt mit diesem Unfug auf. Kümmere dich um deine Familie. Wir werden allen

Bauern ein neues Stückchen Land geben. Es wird etwas dauern, aber so wird es kommen. Schluss jetzt mit den Scherereien, du legst uns keine Steine mehr in den Weg. Mach, was ich dir sage, Punkt aus.«

Der Abgeordnete redete noch eine Weile auf sie ein, mit seiner lauten, tiefen, monoton autoritären Stimme.

Dann ließ er sie gehen. »Groß bist du geworden. Du bist jetzt eine Frau. Sie ist jetzt eine Frau, nicht wahr?«

Diesmal schaute der junge Genosse sie direkt an, grinste breit und nickte.

Am Fuß des Hügels

Als sie am frühen Abend aus der Schule kam, ließ Esha sich auf ihr Bett fallen. Ihr Magen knurrte vor Hunger, aber sie schaffte es nicht, wieder aufzustehen und sich ein Fertigessen aufzuwärmen. Sie nahm ihr Kissen, schob es sich unter den Bauch, versuchte zu schlafen und ihren Tag zu vergessen.

Seit Schuljahresbeginn kam es täglich zu Konflikten mit ihren Schülern. Von Weitem schon, beim Anblick des Tors, bereitete sie sich darauf vor, vermintes Terrain zu betreten.

Die engen Straßen rund um die Schule stanken nach Gras und Haschisch. Vor der Hausmeisterloge auf dem Hof rauchten die Aufseher und Schüler gemeinsam ihre Zigaretten. Die Schwingtür zum Gang flog auf und zerschmetterte der Person dahinter jedes

Mal fast die Nase, die Schüler kamen und gingen hordenweise, schubsten einander, lachten und schrien, erfüllt von einer unglaublichen körperlichen Kraft, ihre Schritte und Rufe hallten durch das Gebäude. Plakate mit Referaten der Schüler bedeckten die Wände. Ihr Blick streifte das über die Frau, die dank eines Fotos ihres riesigen Hinterns in den sozialen Netzwerken berühmt geworden war, und das über eine junge Frau aus einer Realityshow, die durch ihre Imitation eines Telefonats Kultstatus erreicht hatte und anschließend in Verdacht geraten war, ihren Freund erstochen zu haben. Bei mehreren Türen waren die Schlösser mit Metallsplittern aus der Werkstatt verstopft worden. Seit Schuljahresbeginn machten sich ein paar Schüler einen Spaß aus diesem Spiel, sie blockierten die Türen und schrien: »Nieder mit der Schule!« Sie hatten die Schlüssel von mehreren Räumen geklaut, dann die Computer und die Beamer.

Nach wenigen Tagen litt sie unter Schlaflosigkeit, wie bei allen vorherigen Stellen, die ihr zugeteilt worden waren, die Nächte kamen wieder, licht und rau wie Tafelkreide. Sie ging zur Schule, einen Angstknoten im Bauch, jeden Tag musste sie bei null anfangen, musste sich eine neue List ausdenken, um ihnen die Fremdsprache beizubringen, ihre Aufmerksamkeit zu wecken, die Fragen umzulenken, die mehr ihr Privatleben betrafen als den Lehrstoff, sehr schnell wollten sie nichts mehr wissen, zwei, drei Schüler in der ersten Reihe machten sich klein, wurden von den anderen für ihre Strebsamkeit gehänselt, die Mädchen verwechselten in ihrer Federtasche die Wimperntusche mit dem Kugelschreiber, die Jungen kamen ohne Schultasche, Kappe auf dem Kopf, Kopfhörer auf den Ohren. An dem Tag, als es Esha gelungen war, sie davon zu überzeugen, mit einem Heft und einem Kugelschreiber zur Schule zu kommen, hatte sie sich selbst zu diesem ersten Sieg beglückwünscht. Größte Wachsamkeit war gefordert, damit sie einander nicht mit Papierkügelchen oder kaputten Kugelschreibern bewarfen, damit sie die Tische nicht mit den Fäusten und ihre Klassenkameraden nicht mit den Füßen malträtierten, ihre Stühle nicht durch die Luft warfen, nicht schrien, einander nicht beschimpften, nicht plötzlich aufsprangen, um durch das Klassenzimmer zu laufen, nicht brüllten »Verpiss dich, du Vollidiot!« und nicht ständig losprusteten, damit sie sie nicht unterbrachen, wenn sie sprach, sie nicht lauthals fragten, warum sie an die Tafel schrieb, was sie schrieb, ihr nicht vorhielten, dass sie einen Akzent habe, dass sie dahin zurückgehen solle, wo sie hergekommen war, dass sie hier zu Hause seien, weil ihre Eltern seit Jahren hier lebten.

Dieses Mal war die Stimmung schon in der ersten Stunde mit einer Klasse von einem Dutzend Schülern gekippt. Diese Jungen kamen von einem dreiwöchigen Praktikum als Mechaniker zurück. Sie wussten nicht, dass sie beim Fremdsprachenunterricht ihr Schulzeug brauchten, sie rieben sich die leeren, rauen Hände, ließen ihre Finger knacken, kratzten sich am Kopf und seufzten lautstark. Die weiße Tafel strahlte in ihre verblüfften Augen wie das Neonlicht eines Operationssaals, sie hypnotisierte sie und schläferte sie ein, die Buchstaben und Wörter fügten sich nicht zusammen, sie verstanden die Zeichen nicht, die unergründlich und leblos vor ihnen lagen.

Esha war ratlos. Wie konnte man sie das Lernen lehren?

Als sie das Hörbeispiel abspielen wollte, fiel ihr auf, dass der Junge, der sich ganz hinten, weit weg von den anderen, hingesetzt und seinen Kopf auf die verschränkten Arme gelegt hatte, mittlerweile schlief.

»Wach auf! Du darfst hier nicht schlafen!«, rief sie.

Er antwortete ihr nicht, rührte sich nicht, mit einer Handbewegung forderte er Esha auf, ihn in Frieden zu lassen. Esha insistierte, rief ihm die Schulordnung in Erinnerung, da lief der Jugendliche rot an. Man hätte meinen können, dass die großen, durchscheinenden Pickel, die sein Gesicht bedeckten, jeden Moment platzen würden. Er sprang von seinem Stuhl auf und schrie: »Du hast mir gar nichts zu befehlen! Ich bin nicht dein Hund!«

Esha versuchte, ihm zu erklären, dass es hier nicht um Herrchen und Hunde ging, sondern um Lehrer und Schüler, dass das die Grundidee der Schule war, was den Jungen umso mehr aufregte.

»Zieh dir ne Burka an! Walla, dir geht's wohl nicht gut! Hast du schlecht geschlafen oder was?« Er schaute zu seinen Klassenkameraden, lachte. Die Jungen lachten mit, zerknitterten die Blätter, die Esha ausgeteilt hatte, zerknüllten sie und warfen sie durch den Raum.

Esha hob den Hörer des Telefons an der Wand ab und wählte mehrere Nummern, bevor sie eine Aufsicht ans Telefon bekam. Ein Mann kam herein, groß und kräftig wie ein Soldat. Mit seinen ruhigen, halbgeschlossenen Augen beobachtete er die tobenden Schüler, fragte Esha, was sie wünsche. Sie erzählte von dem Zwischenfall, und der Aufseher wandte sich an den fraglichen Schüler, der beim Leben seiner Mutter schwor, nichts gemacht zu haben, was alle seine Brüder bezeugen könnten.

In der Überzeugung, dass niemand etwas Böses wolle, dass es ihre Art sei und dass man sie nicht vor den Kopf stoßen dürfe, verließ der Aufseher den Raum und schloss ehrfürchtig die Tür hinter sich. Nichts konnte Esha beruhigen. Weder der Bericht, den sie im Anschluss für den Beauftragten für Disziplinarfragen und die Direktion verfasste, noch die Sammelmail, die sie an ihre Kollegen schickte.

Angespannt ging sie in die zweite Unterrichtsstunde in einer Klasse mit Mädchen, die eine Ausbildung in der Modebranche machten.

Seit Beginn des Schuljahres hatte sie sich das Vertrauen eines Teils von ihnen erarbeitet, sie thematisierten die Stellung der Frau, trugen T-Shirts mit politischen Slogans, waren stolz auf ihre Tätowierungen und Piercings, lasen in den Pausen. Die anderen folgten allen Modetrends, oder packten sie vielmehr, zermalmten sie mit ihren starken Händen und behielten Fetzen aus Stoff, Metall, Farben und Frisuren zurück. Mit ihren kräftigen Körpern in engen Leggings, ihren Perücken, Extensions, Zöpfen, ihren falschen Wimpern, falschen Nägeln, ihrem Lippenstift waren sie grausam schön und beunruhigend. Diese Kriegerinnen lächelten nie, legten sich ständig mit Esha an, musterten sie und gaben tuschelnd Kommentare ab, mit denen sie ihre Klassenkameradinnen die ganze Stunde lang zum Lachen brachten.

Für diesen Nachmittag hatte Esha sich vorgenommen, in ihrem Unterricht Simone de Beauvoir zu behandeln. Sobald sie ihnen ihre Biografie ausgeteilt hatte, warf ein Mädchen ihre blauen und schwarzen Zöpfe in den Nacken und sagte laut: »Das ist abartig!«

»Warum abartig?«

Esha war überrascht. Sie hatte die beiden unterschiedlichen Gruppen in ihrer Klasse mit einem Thema, das alle interessierte, versöhnen wollen und wurde unruhig.

»Es ist nicht gut, sowas zu lesen, Madame.«

»Ja, sie ist … Sie wissen schon … sie hat Frauen geliebt, sie war homo.«

»Sie hat Männer und Frauen geliebt.«

»Dann ist sie eine Nutte.«

Von einem Moment zum nächsten herrschte helle Aufregung. »Das ist *haram*. Das ist Sünde. Diese Leute machen es von hinten. Für sowas kommen wir nicht zur Schule.« »Das ist eine Sünde, Madame, so steht es in der Bibel.« Diejenigen, die schöne, volle Extensions trugen und diejenigen, die ihre Haare unter einem hübschen blauen oder grauen Kopftuch verbargen, schrien durcheinander, lachten und brachten die drei, vier Mädchen zum Schweigen, die sich auf der anderen Seite des Raumes befanden und die

Szenerie verstört beobachteten. Esha sagte nichts, schaute ihnen zu und überlegte. Dann begann sie, das Gesagte in zwei Spalten auf der Tafel zu notieren. Die Mädchen hörten plötzlich auf zu schreien.

»He, warum schreiben Sie das auf?«

Esha beruhigte sie, sie wollte nur ihre Meinung zum Thema festhalten, um darüber zu sprechen. Die Spalten wurden immer unausgeglichener, die Reihe der Beleidigungen nahm die ganze Tafel ein, die Mädchen wurden still.

Am Ende des Schultags sprachen Fadyla und Houria, zwei ihrer Kolleginnen, sie an. »Ignoriere sie einfach! Sie sind dumm und gemein.«

»Du darfst es ihnen nicht übel nehmen. Du musst sie verstehen, dich auf sie einlassen …«

Jean war Musiklehrer. Er rückte seine blaue Brille zurecht, die farblich auf seinen Schal aus sorgfältig zerknitterter blauer Biobaumwolle abgestimmt war, und stellte sich zu ihnen. Ein kleines, kaum merkliches Lächeln erstrahlte auf Fadylas Gesicht, sie wirkte wie ein junges, verschmitztes Mädchen. Sie nickte Esha zu und verließ mit Houria den Raum. Jean lief im Lehrerzimmer auf und ab und warf Esha flüchtige Blicke zu, aber sie hatte keine Lust mehr, ihr Gespräch, das zu nichts führen konnte, fortzusetzen.

Esha rieb ihr Gesicht am Laken, versuchte, den Tag, die Beleidigungen, das Geschrei, das Gelächter auszulöschen. Sie dachte an ihre Jugend, ein Mädchengymnasium in einem einfachen Viertel von Kalkutta, ihre Klassenkameradinnen und sie kommentierten den Werdegang und das Werk der feministischen

Philosophin, träumten davon, die Stadt zu erkunden, wo Menschen verschiedener Herkunft, Künstler und Intellektuelle zusammenkamen, die freie Liebe kennenzulernen, den Mann ihres Lebens zu treffen, der zudem ein Mann von Welt, ein Mann seiner Zeit, der Zukunft sein würde. Sie erinnerte sich an den Rasen, wo sie bis lange nach Unterrichtsende saßen, hinter den Mauern wurde es langsam Abend, der nepalesische Hausmeister und seine Frau bereiteten vor ihrer Wohnung in einem Backsteinofen unter freiem Himmel das Abendessen zu, ein Hahn und seine Hühner scharrten in der Nähe. Wenn Esha und ihre Freundinnen wieder aufstanden, hatten ihre weißen Tuniken grüne Flecken, der Duft von frisch gebackenem Brot ließ ihnen das Wasser im Mund zusammenlaufen, manchmal nahmen sie ein Stück oder etwas Gemüse von der Frau des Hausmeisters an, manchmal rannten sie zur Kreuzung, die Schultasche an die Brust gepresst, in Gedanken schon bei der Tracht Prügel, die sie zu Hause erwartete.

Ihr Lehmkörper

»Meine Mutter mag dich, meine Schwester hat neulich auch gut von dir gesprochen … Naja … Keine Ahnung, wenn dein Vater einverstanden ist, ich meine, wenn mein Vater einverstanden ist, geht es vielleicht … bekommen wir es vielleicht hin …«

Sam stockte. Sein trockener Mund verschluckte

seine letzten Worte. Mit gesenktem Kopf stand er vor Mina und bearbeitete seine Schuhe von innen mit den Zehen.

Sie hatten sich auf einer kleinen Brache hinter den Marktständen verabredet, wo der Boden von den Murmellöchern der spielenden Kinder zerfurcht war und die Bananenstauden ringsum die Blicke der Passanten abhielten. Der Nachmittag war reglos, die Händler waren zur Mittagsruhe nach Hause gegangen. An einem Mangobaum, dessen Stamm frische weiße Narben trug, hatte jemand eine Schaukel aus einem einfachen Seil und einem Brett befestigt.

Wenn er sie angesehen hätte, hätte Sam bemerkt, dass Minas Augen voller schmutziger Tränen mit einem Mal durchsichtig vor Freude und Leben geworden waren. Sie war überwältigt vor Glück. Damit hatte sie nicht gerechnet, sie lächelte zögerlich. Sams Worte hingen in der Luft, und für Mina bedeuteten sie Hoffnung, ein dünner Faden, an den sie sich klammern konnte, um nicht zu fallen, um nicht den Boden unter den Füßen zu verlieren. Sie war schon dankbar gewesen, dass Sam sich schließlich zu einem Treffen bereiterklärt hatte, und glaubte, dass ihre Gebete vielleicht nicht umsonst gewesen waren. Seit Wochen leugnete sie die Tatsachen, belog sich selbst und ihre Mutter. Sie wurde immer zerstreuter und unruhiger und hatte keine Kraft mehr für den Kampf gegen die Automobilfabrik. Die Bauern von Tajpur hatten sich gewundert und geglaubt, das Treffen mit dem Abgeordneten hätte ihr Angst eingejagt. Dann hatten sie gedacht, dass es der Lauf der Dinge war, dass eben keine Frau die Fahne lange tragen konnte, weil sie zu schwer war.

Der Abgeordnete hatte ihr, sehr freundlich, eine erste Warnung ausgesprochen. Für einige Tage hatte Mina gedacht, dass es vielleicht besser so war. Wer war sie denn, um den Aufstand von Tajpur anzuführen? War es nicht dringender, dass sie sich um sich selbst und ihren Zustand kümmerte, dass sie Sam anrief, dass sie ihn bat, eine Lösung zu finden? Sie war wie die jungen Frauen aus dem Dorf, die auf die Felder gingen, die Halme mit der Handsichel schnitten, den gebündelten, goldenen *Paddy* auf einem Holzbrett droschen, um die Spreu vom Korn zu trennen, die im Großen Weiher badeten, die einander bei der Taille nahmen, die Luft anhielten und untertauchten, in ihre Saris gewickelt, die ihnen an der Haut klebten und ihre schweren Brüste und ihre breiten Hüften hervorhoben. Bis ihre Familien sie anwiesen, sich auf die Ehe vorzubereiten.

Mina biss sich auf die Lippen. Sie hätte nicht auf Marie hören sollen. Die behauptete, dass sie aus Frankreich gekommen war, um ihre biologischen Eltern zu suchen, aber in Wirklichkeit ihre Zeit hier in Tajpur verbrachte, um mit Mina, den anderen Mädchen und den Bauern, lauter Unbekannten, zu diskutieren und ihnen Ideen in den Kopf zu setzen, sie gegen die Regierung aufzubringen. Mina erschrak: Und wenn alles nur eine Lüge war? Eine Verschwörung? Wenn dieses seltsame Mädchen nur hierher gekommen war, um die Leute gegeneinander aufzubringen, um im Dorf Unfrieden zu stiften? Sie war nicht in Kalkutta geblieben, in der Nähe der Mission, die das Waisenhaus unterhielt. Am ersten Tag, erinnerte sich Mina, hatte sie in einer Teebude mit der Hand auf den Tisch geschlagen, die seit Jahren verstorbene Mutter Oberin verflucht und den Betrügern den Krieg erklärt, die bettelarmen Eltern ihre Babys abkauften, um sie teuer an Familien aus Europa zu verkaufen. Die Leute an den Nebentischen hatten verwundert und belustigt zu ihnen herübergeschaut. Marie sah Mina und ihren Freundinnen aus dem Dorf ähnlich, ihre lehmfarbene Haut, ihr großzügiger Körper mit breiten Schultern und Hüften, ihr schönes, unauffälliges Gesicht. Niemand konnte glauben, dass sie einen fremden Namen trug, einen Namen von Weißen, von Reichen. Sie trug den Namen ihrer Adoptiveltern.

An jenem Tag hatte sich Mina in der Stadt auf die Suche nach Sam gemacht. Seit einem Monat hatte sie einen Verdacht, als ob ihr Instinkt, bevor ihr Körper reagierte, eine Vorahnung von diesem Kind hatte. Dann hatte sich ihre Sorge verfestigt und begonnen, in ihr zu atmen. Am Anfang hatte sie Lust gehabt, es sich mit der Handsichel aus dem Bauch zu reißen.

Sie hatte Sam nicht gefunden. Als sie vor dem Großen Bahnhof von Kalkutta, wo Sam angeblich arbeitete, langsam die Hoffnung verlor, hatte Marie sie angesprochen. Sie beherrschte die Sprache schlecht, was Mina verwirrt hatte. Aber sie war erschöpft, in Panik vor allem, Sam nicht zu finden und keinen Ort für die Nacht zu haben, allein auf der Straße zu stranden, weil der letzte Zug nach Tajpur schon vor über einer

Stunde abgefahren war. Schließlich hatte sich Mina mit dieser Marie mit dem Lehmkörper in die Teebude gesetzt. Sie hatten den Verkäufer und seine Frau angebettet und die Erlaubnis erhalten, in ihrer Küche zu bleiben, der noch rot glühende Ziegelofen wärmte sie. Als sie Maries Geschichte gehört hatte, hatte Mina ihr vorgeschlagen, mit ins Dorf zu kommen und so lange wie nötig bei ihr unterzukommen. Marie hatte ihr ihrerseits geraten, nicht aufzugeben und weiter nach Sam zu suchen, um mit ihm zu reden. Ihn nicht anzuflehen, nicht vor ihm zu weinen, ihn bloß daran zu erinnern, dass Mina wenn nötig mit Sams Eltern reden würde. »Lass dir das nicht gefallen. Wenn du mich brauchst, bin ich da, den knöpfe ich mir persönlich vor.«

Sie sucht Streit! Sie ist hier, um Ärger zu machen, hatte Mina gedacht.

Jetzt, wo Sam ihr eine Chance gab, nahm sich Mina vor, nicht mehr auf Maries Ratschläge zu hören, weder beim Kämpfen noch beim Lieben. Sie war müde vom Streiten, Schreien und Fordern. Sie hatte Lust, die Fahnen und Spruchbänder zusammenzufalten, sich an Sam zu kuscheln, wie früher, als sie Kinder waren, nackt, zusammen unter einem Laken.

Wodka-Litschi

So war es nicht immer gewesen. Sie rief sich oft die Nachmittage in Erinnerung, die Seine, die nicht grau, sondern grün war, durchsichtig vom Licht und der Sonne, die Brücken, die Brüstungen aus Stein, das langsame Aufheizen des Steins, die Geländer mit den Gittern, an denen Verliebte Schlösser angebracht hatten, ein Bild, das ihr später als Motiv auf dem Mantel einer romantischen Designerin wiederbegegnen würde. Es war doch wirklich merkwürdig, die Liebe mit Einschluss gleichzusetzen, dachte sie.

Esha hatte Lust, mit dem Mann darüber zu reden, der sie eingeladen hatte, um ihren Antrag auf Einbürgerung zu prüfen. Das erste Mal hatte er sie in einem Raum aus unverputztem Beton im Keller des Ministeriums empfangen, wo die Mauern jedes ihrer Worte verschluckten, der Teppich einen Geruch von Socken und Schweiß verströmte, aber an diesem Tag trafen sie sich im Four Seasons. Riesige Blumensträuße standen in den vier Ecken der Halle, auf dem Marmorboden hallte das Klackern der spitzen Absätze der Frauen nach, die in der Begleitung von Männern und Einkaufstüten den Raum durchquerten, die Sessel und Sofas schwammen im gedämpften Licht der Bar, die Körper sanken mit der Zeit und dem Alkohol in sich zusammen, die weißen Waden der Bedienungen streiften die zunehmende

Dunkelheit, verschwanden hinter dem roten Vorhang, tauchten wieder auf.

Er bestellte ihr einen Wodka-Litschi. Er war so blass wie der Cocktail, mit seinem blonden Lächeln. Schwitzend in seinem schwarzen Jackett, die Hände auf der dunklen Serviette, erinnerte er eher an einen Versicherungsmakler als an einen hohen Beamten. Er verwendete einen falschen Namen, war nie über seine Handynummer erreichbar, Esha fiel unweigerlich in ein Loch des Schweigens. Aber er kam immer wieder, rief sie zurück.

In der Bar des Four Seasons strengte er sich sehr an, höflich, glatt und unauffällig zu wirken. Die Papiere, Fotos, Fotokopien, Briefe und Urkunden interessierten ihn nicht, er wusste, dass es darum nicht ging, dass die Dinge sich in den Alkoven, unter dem Tisch, zwischen den Zeilen abspielten.

»Monsieur Richard ...«

»Nennen Sie mich Christophe.« Der Mann nannte sich Christophe Richard, er hatte ihr sogar eine Visitenkarte auf diesen Namen gegeben. Dann fügte er hinzu: »Gefällt Ihnen Ihre Arbeit als Lehrerin? Ist das nicht zu schwierig?«

»Ich unterrichte gerne. Ich finde wirklich, dass es ein ehrbarer Beruf ist«, sagte Esha mit Nachdruck, aus Sorge, das kleinste Anzeichen von Schwäche könnte ihr, ihrem Antrag Nachteile bringen. Sie war überzeugt, ihren stählernen Willen zeigen und beweisen zu müssen, dass sie glücklich war und entschlossen, es zu sein, dass sie über ausreichende Mittel verfügte und ihre Ziele ohne Zögern verfolgte. Denn wenn sie ihr Leben nicht im Griff hatte, würde man sie hier nicht brauchen. Sie musste immer und überall strahlen, als hätte sie einen Preis, eine Medaille, eine Trophäe gewonnen, sie durfte ihre Zweifel und ihre Ängste nicht zeigen, weil sie beim kleinsten Anzeichen von Schwäche niedergemacht und abgelehnt würde.

Esha wagte es nicht, dem Mann etwas aus ihrem Alltag anzuvertrauen. Das Gymnasium und die Banlieue schienen in diesem gedämpften Ambiente in weiter Ferne. Sie trank den Cocktail, der ihren Mund kühlte und in ihrer Kehle brannte. Diskret musterte sie Christophe Richard, lächelte ihn an, beschloss, ihm von ihren ersten Jahren in diesem Land zu erzählen, von ihrem Tausendundeine Nacht. Sie schilderte ihm, wie sie in der Nähe des Campus herumgestromert war, wie sie die Fontaine Saint-Michel umkreist hatte, auf dem Boulevard auf- und abgelaufen war, durch den Jardin du Luxembourg gestreift und vor den Fotos am Zaun stehen geblieben war, in den alten und neuen Büchern geblättert und die Programme der kleinen Kinos studiert hatte, wo die Sitze wie rote Tulpen aus der Dunkelheit auftauchten, Kaffee getrunken und den Löffel mit dem Schaum abgeleckt hatte, wie sie sich mit den Obern, Ladeninhabern, Ticketverkäufern, Buchhändlern, Bettlern und ausländischen Studenten angefreundet hatte. Sie beschrieb ihm diese Stadt, die sie so sehr liebte, ihre Durchgänge mit dem holprigen Pflaster, ihre Galerien mit den bewachsenen Hinterhöfen, ihren welligen Boden, ihre Hügel und Treppen, ihre endlosen Straßen und Gassen, die sich in regelmäßigen Abständen zu Plätzen weiten, wie die Pirouetten einer Tänzerin, und von denen manchmal der Geruch von Käse und Gemüse aufsteigt, von Fisch und Meeresfrüchten, und die Rufe der Marktschreier, die sie an das Summen der Fliegen in ihrem Land erinnern, feucht und klebrig.

Richard betrachtete sie. »Ich liebe es, Ihnen zuzuhören! Sie lieben unser Land!«

»Man hat mir beigebracht, es zu lieben, das Leben zu lieben, das gute Essen und den guten Wein Ihres Landes.«

Christophe Richard lachte laut auf.

Esha seufzte erleichtert und trank ihren Cocktail. Dann sprach sie über die Seminare ihres Professors, der den Hörsaal in einen antiken Tempel verwandelt hatte, in dem Philosophen die Welt erörterten, über das Café, aus dem sie Jogger, Liebespaare und Touristen auf der Durchreise beobachtete. Sie sprach auch über ihre Kommilitonen, die an ihren Doktorarbeiten saßen oder das Staatsexamen vorbereiteten.

»Und Sie konnten sich natürlich nicht zum Staatsexamen melden! Werden Sie es versuchen, wenn Sie die französische Staatsbürgerschaft haben?«

»Denken Sie denn, ich werde sie bekommen?«

Er antwortete nicht, wandte sich ab und schaute zur Bar.

Esha fühlte sich erschöpft. Der Cocktail hatte sie müde gemacht. Sie lehnte sich in ihrem Sessel zurück.

»Sie sind so motiviert, Sie haben so viel zu geben … Haben Sie nie daran gedacht, in die Politik zu gehen?«

»Doch, vielleicht … in meinem Land.«

»Eine Frau wie Sie, mit Ihrem Werdegang, Ihrem Intellekt, Ihrer Energie … Haben Sie nie daran gedacht, sie für Ihre Ideen, Ihre politischen Ziele einzusetzen?«

Obwohl er sich bemühte, konnte er seine Gelassenheit nicht aufrechterhalten, seine Ungeduld war deutlich spürbar.

»Wenn ich politisch aktiv wäre, wenn ich mich engagieren würde, hätte ich es Ihnen gesagt.« Esha mochte die plötzliche Wendung nicht, die das Gespräch genommen hatte. Sie schämte sich ein wenig, ihre Stimme wurde leiser, sie hätte gerne über ihre politischen Überzeugungen gesprochen, wenigstens über die ihrer Freunde, die sie in ihrem Land, in Kalkutta zurückgelassen hatte, wo nach den Demonstrationen Sandalen, Erdnussschalen und Schilder auf dem großen Feld des Maidan in der brennenden Sonne lagen, wo mit roten Fahnen und Spruchbändern bedeckte Busse die Aktivisten zurück zum Ausgangspunkt brachten, der Universität, der Fabrik, den verschiedenen Vierteln der Stadt oder den Dörfern in der näheren und ferneren Umgebung, Esha und ihre Genossen blieben auf den Stufen der Busse sitzen, wenn sie Fahrt aufnahmen, der Wind brachte ihre Haare durcheinander, ihre Stimmen waren heiser, aber sie sangen weiter.

All das hätte Esha Christophe Richard erzählen können, aber sie hatte den Eindruck, dass seine Fragen sich wie ein Fangseil um sie legten, dass es besser war, sich nicht zur Farbe ihrer politischen Überzeugungen zu bekennen, auch wenn sie über die Jahre immer mehr verblasst war. Esha fühlte sich plötzlich allein und traurig darüber. Ihr fehlten die Bindungen von früher, ihre Freunde und Genossen, ihr aktivistischer Clan, alles, was sie zurückgelassen hatte, was sie ausmachte und trug, damals konnte sie sich ohne Furcht ins Leere stürzen, weil sie wusste, dass sie vom Netz einer selbstverständlich und selbstbewusst gelebten Überzeugung aufgefangen werden würde.

In den letzten Monaten hatte sie sich in den sozialen Netzwerken mit Marie angefreundet. Sie ähnelte ihr äußerlich, trug aber einen Namen von hier, sanfte Konsonanten und großzügige Vokale. Marie Montigny war gerade wieder nach Kalkutta gereist, um ihre biologischen Eltern zu suchen. Sie hatte Esha anvertraut, dass sie seit einigen Jahren regelmäßig zwischen Frankreich und Indien pendelte, dass sie sich dort heimischer fühlte, obwohl sie in Paris aufgewachsen war. Esha dachte, dass sie sicher verstanden hätte, wie sie sich in diesem Augenblick in dieser Luxusbar der Lichterstadt fühlte, sie hätte ihr Rat geben, sie unterstützen können, von ihr ging eine ruhige körperliche und geistige Kraft aus. Aber sie war nicht da, und sie waren nicht wirklich befreundet.

Esha musterte den Mann, der Christophe Richard genannt werden wollte. Er errötete und schaute auf sein Glas, trank einen Schluck. Die Kühle des Cocktails gab ihm neuen Mut.

»Und wie denken Sie über Terrorismus?«

»Wie bitte?«

Esha war sprachlos, sie fühlte sich mit einem Mal nervös. Sie wusste nicht, was sie antworten sollte, wie konnte man darüber schon denken, konnte man darüber anders denken als die Mehrheit der Menschen auf dieser Erde! Sie brachte ein paar Worte hervor: »Es ist schrecklich! Absolut inakzeptabel … Menschen zu töten, Kinder und Alte und Frauen …«

Sehr ruhig stellte Christophe Richard sein Glas ab, er wirkte wieder selbstbewusst, entschlossen.

»Und was ist mit dem, der seinen Schuh nach dem amerikanischen Präsidenten geworfen hat?«, fragte er in einem scherzhaften Tonfall.

Esha entspannte sich ein wenig, lachte, zuckte mit den Schultern und antwortete: »Na ja, das gehört sich vielleicht nicht, man kann ja anderer Meinung sein, aber handgreiflich sollte man dabei nicht werden …« Sie wollte weitersprechen, erleichtert, dass er ihr keine Falle gestellt hatte, dass es nur eine einfache Routinefrage gewesen war, aber er ließ sie verstummen. Er fixierte sie und fragte mit fester, fast lautloser Stimme: »Und können Sie sich vorstellen, mir beim Kampf gegen den Terrorismus zu helfen?«

Esha hielt den Atem an. Handelte es sich um eine Falle, einen Tauschhandel? War das der Preis für ihr Leben hier, in diesem Land Europas? Sie versuchte, schnell zu denken, alle Möglichkeiten durchzuspielen, zu verstehen, ob sie aufgeregt sein sollte, angesichts neuer Abenteuer, oder geschmeichelt, weil man sie für ein solches Vorhaben ausgewählt hatte. Sie dachte auch an die französische Studentin, die vor einigen Jahren wegen Spionage im Mittleren Osten angeklagt worden war. Sie fand keine Worte und schaute Christophe Richard an. Aber er verzog keine Miene und fixierte sie weiter schweigend mit seinem einschüchternd intensiven und blonden Blick. Am ganzen Körper erstarrt, fühlte Esha, wie der Wodka ihren Magen überschwemmte und in Flammen setzte, wie er schmolz, sich verflüssigte wie eine überreife Frucht.

Die Lichtbarke

Der leichte Dunst des Seifenwassers, der unter der Decke hing, verzog sich mit dem abnehmenden Licht des Tages. Und er lag neben ihr und schlief. Auf seinem Rücken bildeten sich Schweißtropfen. Der Geruch von Milch, von Babypuder mischte sich mit dem Wasserdampf zu einer Wolke, die über dem Bett schwebte. Dieser Duft kitzelte die Papillen und ließ das Wasser im Mund zusammenlaufen. Mina und Sam träumten von Bonbons und glitten in den großen Schlund des Schlafs.

Bevor Minas Mutter am späten Vormittag zum Vater aufs Feld ging, der dort seit dem frühen Morgen arbeitete, brachte sie Mina zu ihrer Tante, deren wohlhabende Familie das einzige Backsteinhaus des Viertels bewohnte. Sams Mutter wusch, kleidete und fütterte die beiden Kinder zusammen, legte sie für den Mittagsschlaf in ein Bett. Beim Schlafen kuschelten sie sich aneinander. Mina und Sam waren allein, ohne es zu wissen, ohne sich ihres Alleinseins bewusst zu sein.

Mit ihm war die Zeit in eine andere Zeit übergegangen. Ohne Zwischenfälle, ohne Brüche. Die jetzige Zeit war die Verlängerung der alten Zeit. Auf dem Viertel lastete die Hitze des brennenden, reglosen Nachmittags. Ihre Kindertage spiegelten sich ineinander. Und doch erwachten in ihnen unbekannte Lüste, wie über den Flaum auf der Haut zu streichen. Den Flaum auf Sams goldenem Rücken, fast unsichtbar. Mina folgte seinen Linien mit den Augen. Zwei fast unmerklich gestreifte Flügel setzten unterhalb des Nackens an und reichten bis zu den Schulterblättern. Es war die erste Männerhaut, die Mina berührte. Bevor sie sich dessen bewusst war. Die erste Haut, die ihre Finger streichelten. Bevor sie sich bewusst war, was Streicheln überhaupt war. Feucht waren Sams Haare noch schwärzer als sonst. Seine Haarsträhnen züngelten an seinem Nacken, an seiner Stirn. Wenn er schlafend neben Mina lag, verströmte sein Körper einen sanften, frischen Schweißgeruch. Die Fensterläden waren geschlossen. Um den Raum zu kühlen, hatte man die schwer herunterhängenden Vorhänge befeuchtet. Einzelne Tropfen liefen an ihnen herab und sammelten sich in einer kleinen Pfütze auf den Kacheln.

Sam hatte das Lieben mit Minas Körper gelernt. Er hatte begonnen zu lieben, ohne es zu wissen. Er liebte sie, weil ihr Körper den ganzen Tag in seiner Nähe blieb. Wie sein Spiegelbild oder sein Schatten. Ihre Silhouetten antworteten einander. Er betrachtete Mina als eine Fortsetzung seiner selbst. An manchen Tagen weigerte er sich, zwei Kopfkissen ins Bett zu legen. Er verstand nicht, wofür das zweite gut sein sollte. Er legte seinen Kopf auf eine Ecke des Kissens und bot ihr die andere an.

Wenn es Abend wurde, hielten die Kinder nach Minas Mutter Ausschau, die sie abholen kam, den Tag
auf den Feldern und volle Körbe hinter sich her-
schleppend. Sie liefen mit kleinen Schritten von einem Zimmer ins nächste, ihr hinterher, schauten ihr
zu, wie sie den ersten Tee mit der Großmutter trank
und den zweiten mit Sams Mutter. Wenn sie sahen,
wie die beiden in eine lebhafte Unterhaltung vertieft
auf dem Boden saßen, mit einer Schale Puffreis und
frittierten Auberginen, und sich nach und nach, angezogen von ihren Stimmen, weitere Tanten zu ihnen
gesellten, konnten Sam und Mina sicher sein, dass es
noch Stunden dauern würde, dass es weitere Tassen
Tee, weitere Schalen mit Puffreis geben würde, und
spielten zufrieden weiter. Der Anblick ihrer fröhlichen, glücklichen Mütter machte auch sie glücklich
und froh.

Die Zeit war ihr schönstes Geschenk.

An manchen Abenden hatte Minas Mutter es eilig.
Mit ihren lehmverschmierten Füßen und ihren trockenen, schmutzigen Händen wollte sie nicht auf die
Terrasse kommen, sich waschen und einen Tee trinken. Sie wollte Mina aus diesem Haus entführen und
so schnell wie möglich mit nach Hause nehmen. Erschreckt ließen Sam und Mina ihr Spielzeug liegen.
Bis Sam eine List erfand. Wenn der Abschied nahte,
schlug er vor, verstecken zu spielen. Und es war an
Mina, sich zu verstecken. Er tat so, als könne er sie
nicht finden, als sei sie unauffindbar. Die Zeit verging.
Müde gab Minas Mutter nach und ließ sich einen Tee
einschenken. Manchmal machten sich die beiden

Mütter und alle Frauen des Hauses auf die Suche nach dem Mädchen. Es wurde ein echtes Spiel. Sam war wütend, wenn sie Mina fanden, obwohl er sie an immer ungewöhnlicheren Stellen versteckte, hinter den Büschen, hinter einer Tür, unter dem Bett, unter der Treppe, hinter dem Ziegelofen in der Küche … Eines Tages versteckte er sie in der Zisterne aus Beton ganz hinten im Hof. Halb erstickt und in Panik vor dem Wasser, das nach Algen roch, war Mina wieder aufgetaucht.

Sams Liebe zu ihr wurde immer heftiger. Eines Abends schubste er sie, stieß sie zu Boden und rollte mit seinem Dreirad mit dem blauen Sitz über sie. Mina hatte den Eindruck, dass er sie platt drücken und sie in seinem Hoheitsgebiet an den Boden nageln wollte.

Nachmittags unter den Laken wuchsen sie heran. Mina zwei Schritte voraus. Und Sam hinter ihr her wie ein Katzenjunges. Bald schon ein Kater. Ein Streuner. Er war beleidigt, wenn sie ihn nicht beachtete. Fuhr seine Krallen aus. Kratzte sie. Zuerst ging es um Spielzeug und Bonbons. Mina überließ ihm alles. Dann verlangte er das größte Stück vom Fisch. Die Beignets und die Erbsen. Mina schälte sie schneller als er, der sie neidisch und weinerlich beobachtete.

Viel später, als Sam nach Kalkutta ging, um sich mit seinem großen Bruder um das Lebensmittelgeschäft der Familie zu kümmern, und als Mina begann, mit ihrem Vater auf den Feldern zu arbeiten, zwischen den üppigen Blättern des Spinats, im schlammigen Wasser der Reisfelder, überkam sie manchmal die Erinnerung an den Duft nach Puder, Milch und Schweiß. Ohne es recht zu bemerken, hatten sie die Spiele am Nachmittag aufgegeben. Sam hatte seine Freunde, mit denen er lernte, wie man raucht, die Frauen aus dem Dorf beim Baden im Großen Weiher beobachtet, die Schule schwänzt. Manchmal liefen sie sich über den Weg, im Dorf, mit ihren Familien, und plauderten ein wenig. Dann wurde auch das seltener. Sie verloren sich endgültig aus den Augen. Aber da war es schon passiert. Das Licht war in sie gekommen. Mina schwamm in der Leere und hielt sich an einer Lichtbarke fest. Seit Jahren schon schwamm sie, ohne es sich einzugestehen, in einem weißen Licht. Der Duft aus dem Kinderzimmer, die weichen Laken und das einzelne Kissen, der reglose Nachmittag, der in den Schlund des Schlafs gestürzte Nachmittag, die leichte Wolke unter der Zimmerdecke, all das formte eine nie endende Welle aus Licht, die Mina immer wieder umschloss, streichelte, verbarg. Sie wogte, funkelte, führte zu unbekannten Orten, ihre Milchstraße.

Die Goldenen Zwanziger

Als sie zu Hause ihr Schlüsselbund wegräumte, fragte Esha sich, was seit diesen ersten Herbsten, ersten Brücken und Stegen geschehen war. Die Dinge hatten sich verändert, ohne dass sie es bemerkt hatte.

Erst seit Kurzem wohnte Esha hier, auf der anderen Seite des Platzes, am Ende der Avenue. Sie mochte die Treppe, die hinter dem Durchgang zur Haustür führte, eine robuste Außentreppe aus Zement, den kleinen Hof und die Blumenkübel. An Sommerabenden wurde der breite, dunkle Durchgang zu ihrem Haus vom weißen Duft der Kletterpflanzen erfüllt, die über die Mauern des Nachbarhauses wucherten, wäh rend vom Tennisplatz das feierliche Geräusch der geschlagenen Bälle herüberschallte.

Dieses Haus hätte anderswo stehen können, solche Ameisenhaufen mit kleinen Ein- oder Zweiraumwohnungen befanden sich eher in anderen Vierteln der Stadt. Ohne Balkone, Säulen, Stuck an der Fassade, ohne Schnörkel, war es ein solides Bauwerk mit sechs Etagen und mittleren, kleinen und winzigen Fenstern, die von draußen hintereinander das Wohnzimmer, die Küche und die Toiletten mit ihren Abflussrohren erahnen ließen. Die Außentreppe vor dem Eingang und die wie Zigarettenstummel aus dem Dach ragenden Schornsteine erinnerten dezent an sein hohes Alter, wie ein Concierge, der die rauschenden Feste der Goldenen Zwanziger von der Türschwelle miterlebt hatte. Es ging zu wie im Taubenschlag. Wohnungsbesitzer, die man nie zu Gesicht bekam, vermieteten an Leute auf der Durchreise, an ausländische Touristen, an Leute aus der Provinz und Liebespaare. Und vielleicht waren der rote Teppich auf den Treppenstufen und das schmiedeeiserne Geländer mit einer goldenen Kugel für sie bestimmt. Die Wände der Wohnungen waren so dünn, dass man das Mobiltelefon des Nachbarn vibrieren hörte, die hohlen Ziegelsteine ließen jedes Lebenszeichen nachhallen wie eine tausendbäuchige Trommel. Mitten in der Nacht wurde Esha von einem Krach geweckt, der durch die Decke drang und in ihrem Kopf dröhnte. Die Touristen in der Wohnung über ihr waren nachtaktiv. Sie liefen in Schuhen durch die Wohnung, zogen ihre Koffer hinter sich her und verrückten die Möbel, knallten mit den Schranktüren und rannten fieberhaft hin und her. Esha konnte ihre Schritte unterscheiden, die nervösen, wie die von Laborratten auf Kokain, die schweren, wie die von wütenden Dickhäutern aus dem Zirkus. Die Besitzer hatten die an Touristen vermieteten Wohnungen wie Hotelzimmer eingerichtet, Handtücher und Seifen auf den Betten, und fanden es nur legitim, sich in Krisenzeiten etwas dazuzuverdienen.

Von ihrer Küche aus schaute sie in den benachbarten Hof. In der Dunkelheit, im Regen bewegten sich die Bäume. Nur in wenigen Wohnungen brannte Licht. Sie sah große Gemälde, Kronleuchter, Bibliotheken. Die breiten Balkone blieben das ganze Jahr über leer. Die Fensterläden geschlossen. Vor einer Wohnung mit Garten sah Esha zwei Schalen neben zwei Liegestühlen aus Holz und weißem Tuch stehen. Sie standen seit mehreren Wochen dort, seit es Herbst geworden war, als es noch kühl, trocken und sonnig gewesen war. Sie hatte dort noch nie jemanden gesehen, keine Frau und keinen Mann, die im Sommer mit nackten Füßen über den Rasen gelaufen wären und im Winter mit dicken Stiefeln, die blauweiße Keramikschalen in den Händen gehalten hätten, um sich daran zu wärmen, und hineingepustet hätten, bevor sie den ersten Schluck nahmen.

Esha setzte einen Topf Wasser auf. Sie war zu müde,

um die weißen Ablagerungen vom Topfrand zu waschen, und warf ohne abzuwarten eine Handvoll Nudeln ins Wasser.

Die Stadt hatte sie verstoßen, oder sie war selbst nicht mehr da gewesen, um sich in Empfang nehmen zu lassen. Nachdem sie ihr Studium beendet und eine Zeit lang zwischen Paris und Kalkutta gependelt war, hatte sie eine mehr oder weniger feste Stelle als Lehrerin und einen mehr oder weniger vertrauenswürdigen Freund gefunden, mit dem sie zusammengezogen war. Nach einigen Jahren war sie wieder alleine gewesen und dachte, so glücklicher zu sein, frei und unabhängig, ohne Partner und ohne Kind, ohne Bindung, die sie im Alltag behinderte, und hatte gehofft, dass ihre leidenschaftliche Kenntnis der französischen Sprache, ihr Studium und ihre Arbeit als Lehrerin genügten, um in diesem Land ihren endgültigen und rechtmäßigen Platz zu finden.

Sie lernte im Internet Männer kennen, ging zu den Treffen, ohne damit zu rechnen, sich zu verlieben, mit mäßiger Begeisterung. Diese Männer besuchten sie an Wochenenden, an denen es nicht regnete, an denen sie nicht in den Süden oder in den Norden fuhren. Lieber als die Cafés des Viertels mochte Esha die Zweisamkeit in ihrer Wohnung. Sie tranken Wein, diskutierten über politische Fragen, sparten die heiklen Themen aus und kommentierten die aktuellen Kulturereignisse. Manche fragten nach ihrem vorherigen Leben, nach Indien, warum und wie sie hierher gekommen war. Andere stellten keinerlei Fragen. Musik füllte den Raum, ihre Gesichter leuchteten im Schein der hier und da aufgestellten Lampen. Manchmal überspielten sie ihr Schweigen mit Küssen. Manchmal erinnerten sie mit ihrem Wortschwall an Sportjournalisten. Sie beschrieben in allen Details ihre Erfolge, sie entwarfen die Zukunft, machten sich Mut, gaben Befehle, wurden laut, regten sich auf und begeisterten sich für etwas und befragten sie vor allem stets nach ihrer Meinung zu Größe, Farbe, Geruch, Geschmack, Behaarung, Bartwuchs, Tempo, Zähnen, Lippen, Mündern, Fingern, Speichel, zu allem, und bestanden darauf, dass sie ihnen sagte, wie oft und wie sehr sie mochte, was sie machte, ob sie mochte, was sie machten. Das Sperrfeuer ihrer Worte überlagerte jede ihrer Gesten. Es war, als schaute man einen Film mit Audiodeskription, ohne blind zu sein.

Bald gab es auf ihrem Telefon mehr gesperrte Nummern als Kontakte, manchmal nahmen sie rachsüchtig Jagd auf, stellten sie in den sozialen Netzwerken bloß und dachten, sie so erpressen zu können. Wahrscheinlich waren sie empört, schämten sich für ihre Post-Koitus-Schuldigkeit und baten weinend ihre Mütter um Vergebung.

Ihre Freunde aus der Uni hatten geheiratet und Kinder bekommen, manche hatten sich getrennt und wieder geheiratet und mehr Kinder bekommen, ihre Patchwork-Familien erinnerten an Ferienlager, die erste blonde Freundin, die Jugendliebe, dann eine zarte Asiatin, die Verkörperung des Glücks, geheimnisvoll und heiter zugleich. Sie hatten es sich zur Gewohnheit gemacht, ihre Ferien frühzeitig zu planen, zu Elternabenden und ins Fitnessstudio zu gehen,

Thalasso-Kuren zu machen, ihre Wochenenden erfolgreich über die Bühne zu bringen, Abrikosentartes zu backen und ihre Schwiegereltern zu besuchen. Vom Unicampus waren sie zur Einraumwohnung-plus-Waschsalon übergegangen, dann hatten sie sich hübsche Zwei- oder Dreiraumwohnungen und Autos gekauft, manche waren überzeugte Radfahrer geworden, hatten Bioläden oder eine Buchhandlung am Kanal, im Marais eröffnet, das waren die lilafarbenen Jahre, lavendel, fuchsienrot, mit barockem, futuristischem Design, andere waren aufs Land gezogen, in die Nähe ihrer Eltern, in der Stadt war es zu teuer, sie fragten Esha nach ihrer Meinung zu dem indischen Unternehmer, der ein Werk in Frankreich gekauft hatte, zu den Entlassungen der Arbeiter aufgrund von Zusammenlegung und Standortverlagerung, der indische Staatschef war noch nicht vorbeigekommen, um ein paar Rafale-Kampfjets einzukaufen und Yoga zu verkaufen, die abstoßende Dreistigkeit, Kriegswaffen und Seelenfrieden zu verbinden, aber die Zeiten hatten sich ohne jeden Zweifel geändert, viele ihrer Freunde entfernten sich immer weiter von Paris, zogen in die Vorstädte oder in verwaiste Gegenden, wo sie auf Alte trafen, die ihre Heimatdörfer nie verlassen hatten und sich vor den Fremden fürchteten, die den Leuten die Arbeitsplätze wegnahmen und es ungerechterweise zu Wohlstand brachten.

Esha hatte nach und nach die meisten ihrer Freunde aus den Augen verloren. Sie waren es wahrscheinlich leid gewesen, sie zum Abendessen einzuladen und sich den Kopf zu zerbrechen, wen sie dazubitten könnten, um das Gleichgewicht am Tisch zu wahren und sich nicht mit einer ungeraden Zahl wiederzufinden. Manche ihrer Freundinnen hatten Angst, dass sich ihre Ehemänner in einer seltsamen Mischung aus Mitleid und Faszination zu ihr hingezogen fühlen könnten, manche ihrer Freunde hatten Angst, dass ihre Frauen bei ihr aus Abenteuerlust und ungezogener Neugier die Hemmungen verlieren würden, um hin und wieder den Männern zu entkommen. Ihre Freunde hielten sie für skrupellos und unmoralisch. Sie liebten sie lieber aus der Ferne.

Sie mischte die Bolognese-Sauce unter die Nudeln, schenkte sich ein Glas Rotwein ein und betrachtete lange das Schloss auf dem Etikett. Dabei musste sie an einen Namen denken, der sie seit Jahren wie ein unterirdischer Fluss begleitete, ein Name, dessen Körper, Gesicht und Umrisse langsam verblasst waren. In Erinnerung waren ihr bloß ein Duft, ein Blick, ein unbändiges Lachen, ungeduldige Hände, der Geschmack der Küsse, der Geruch im Schritt geblieben, sie erinnerte sich nicht mehr an das Glück und den Schmerz der Trennung, sie erinnerte sich nicht mehr, wie sehr sie ihn geliebt hatte, die Geschichte war vorbei, wie ein Viertel der Stadt, das man erkundet, durchforstet, wie verrückt geliebt hatte und zu dem man den Zugang verbarrikadiert, die Brücke zerstört hatte, über das man Gras hatte wachsen lassen, bevor man weitergezogen war. Juliens Namen tauchte manchmal in den Zeitungen, auf den Internetseiten der Rundfunkanstalten, in den Schaufenstern der Buchhandlungen auf, um seine neue Veröffentlichung anzukündigen, alle waren voll des Lobes für diesen vielversprechenden Philosophen. Esha las die Artikel, hörte sich die Radiosendungen an, kaufte seine Bücher nicht, weil sie sie einschüchterten. Es war eine andere Welt, in der sie sich nie wohlgefühlt hatte. Wenn sie früher mit ihm durch Paris spaziert war, hatte sie die Frauen flüstern hören: »Hast du sie zusammen gesehen?«, um dann Julien zu fragen: »Haben Sie Feuer?« Esha senkte den Kopf, guckte weg. Die Frauen baten stets die Männer um Feuer, mit denen sie in ein Café, in eine Bar, ein Restaurant ging.

Nicht die Welt da draußen hatte sie aus ihrem lustvollen Umherstreifen gerissen und anderswo ausgesetzt, sondern die Jahre. Die Zeit war vergangen, jetzt befand sie sich in der anderen Hälfte des Zyklus, das Wichtigste war, nicht schlimm zu enden, das war alles.

Sie nahm das Glas in die Hände und stand auf, ging im Zimmer auf und ab. Tausende von Marilyn Monroes starben vor Angst, schlimm zu enden, nahmen sich das Leben aus Angst, alt zu werden. Aber diese Marilyns lebten nicht in goldenen Zimmern. Sie starben arm, warfen ihre Körper in vollem Bewusstsein ins Sammelgrab des Vergessens.

In dem Augenblick, als Esha sich noch ein Glas einschenken wollte, klingelte ihr Telefon. Es war eine unterdrückte Rufnummer, zum fünften Mal in diesem Monat. Anders als bei den letzten Malen hinterließ der Anrufer eine Nachricht. Esha hörte ihren Anrufbeantworter ab, aber keine Stimme, kein Wort war zu hören, einige Sekunden Stille, aus der ein schweres, feuchtes

Atmen aufstieg, bei dem sie an ein Loch denken musste, in dem es vor haarigen Raupen wimmelte.

Das Feld der Leuchtkäfer

Die Bauern hatten begonnen, sich zu treffen, erst
abends nach der Feldarbeit, im Hof des Dorfchefs, im
Lichtschein der Petroleumlampe, dann mittags auf
der Kreuzung am Marktplatz, wo es nur ein kleines Lebensmittelgeschäft und ein gutes Dutzend Fisch- und
Gemüsestände gab, neben denen ein paar Hühner in
Käfigen schliefen und angebundene Ziegen sich lang-
weilten, wo der Metzger auf dem Boden hockte und
lautstark seine Waren anpries, während die Fliegen
um die mit Blut, Federn, Knochen und Innereien bedeckte Betonplatte kreisten.

Mina beobachtete sie aus der Ferne. Sie lehnte an
einem Strommast, von dem Kabel, die illegalen Klem-
men des Videoclubs und ein in die Falle gegangener
Drachen herunterbaumelten, und lauschte den aufge-
brachten Reden, in denen die Leute ihre Angst und
ihre Forderungen zum Ausdruck brachten. Ihr Vater
war ebenfalls dort, ihr Bruder spähte von der Veranda
des Videoclubs zur Menge herüber, hin und wieder
jobbte er dort, es war unklar, ob er einen Lohn oder
bloß kostenlosen Eintritt zu den Filmvorführungen
erhielt.

Nach einigen Wochen waren die Vorsitzenden des
Trinamool, der Oppositionspartei, gekommen, um sie

zu unterstützen und dann die Führung zu überneh-
men. Die Politiker kannten das Dorf weit weg von der
Riesenstadt Kalkutta nicht, die Konflikte über die geplante Automobilfabrik hatten ihnen auf unerwartete
Weise geholfen, Sympathisanten und Aktivisten zu gewinnen. Der Trinamool war eine neue Abspaltung der
rechten Kongress-I-Partei und bereitete seit Jahren einen politischen Umsturz vor, konnte aber nicht recht
glauben, dass es in den abgelegenen Gegenden von
Westbengalen, dieser Bastion der Linken, so viele im
Stich gelassene Menschen gab, die vergessen hatten,
wie ihre Väter und sie selbst sich gegen die Polizei und
die Miliz der quasi faschistischen rechten Regierung
aufgelehnt hatten, die vergessen hatten, wie sich ihre
Lebensbedingungen in den letzten dreißig Jahren verändert hatten, und die nun von einer neuen Wut,
neuen Enttäuschungen und Rachegelüsten angetrieben wurden. *Zeit für Veränderung* – mit diesem Slogan
klapperte die Opposition die Gegend ab, in der sie
ihren Außenposten bezogen hatte.

Am Tag, an dem einer der Anführer der Opposition
in einer Brandrede erklärte, dass die Linke zu wohl-
wollend mit den Muslimen im Land umgegangen sei,
dass diese Rinderfresser es deswegen zu weit trieben
und die Wurzel allen Übels waren, hatte er Mina für
sich gewonnen. Endlich jemand, der ihr aus dem Her-
zen sprach, der laut sagte, was sie seit Jahren sagen
wollte. Um zum Markt zu gehen, musste sie am Weiher hinter den Reisfeldern vorbei, wo die Moschee des
Dorfes stand, ein winziges, einstöckiges Gebäude mit
Ziegeldach, dessen weiße Wände vom Indigo noch

bläulich schimmerten. Ihr graute bei der Vorstellung, über Zwiebel- und Knoblauchschalen, über die Reste der Fleischgerichte, die Knochen und Felle von Rindern zu laufen, der Geruch reizte ihre Nase, aus Scham und Furcht vor der Sünde musste sie niesen. Die alten Männer schauten zu Boden, wenn sie vorbeiging, sie berührten ihre Ohren und ihre Nase, baten ihren Gott um Vergebung, weil auch sie eine Sünde begangen, eine Ungläubige gesehen hatten. Die jungen Männer kicherten untereinander und starrten sie an. Mina spürte, wie ihre Blicke noch lange in ihrem Nacken brannten.

Die rechte Abspaltung Trinamool schloss sich mit der hinduistischen Bharatiya Janata Party zusammen, wurde im Geheimen von verschiedenen linken Splittergruppen unterstützt, versprach den Bauern Gerechtigkeit und das Ende allen Übels und der Übeltäter. Vor dem Putsch gegen die regierende linke Partei kam es in ganz Westbengalen zu Ausschreitungen zwischen Hindus und Muslimen. Mina begann, regelmäßig zu den Treffen zu gehen und ihrem Umfeld, ihren Nachbarinnen und Freundinnen, deren Müttern und Schwestern davon zu erzählen. Eines Tages bemerkte eine der Anführerinnen sie, eine Frau im weißen Sari mit grüner Borte, ohne eine Spur Rot, mit einem runden, muskulösen Gesicht. Zunächst schüchterten ihre kleinen, wütenden Augen Mina ein. Dann sprach die Frau sie an, hektisch, ungehobelt, ohne sich um die bei Politikern übliche Höflichkeit zu bemühen, schimpfte auf die Opposition, beleidigte hemmungslos ihre Gegner, ihre vulgäre Art war neu, ihre Heftigkeit war verblüffend. Sie drohte damit, ihren Gegnern die Arme abzuschneiden. Mina war begeistert. Endlich redete jemand wie die einfachen Leute, versteckte sich nicht hinter lauwarmen Reden, hatte den Mut, von seinem Sockel hinabzusteigen und sich die Füße im Staub und im Schlamm schmutzig zu machen. Die Dame übertrug ihr die Aufgabe, die Bauern aus der Nachbarschaft zu überzeugen und zusammenzubringen, und versprach, ihr beim nächsten Treffen das Wort zu erteilen.

Zwei Monate bevor sie für den Trinamool aktiv geworden war, hatte Mina eines Abends Sam entdeckt. Schüchtern saß er neben den Racks und half einem Freund aus dem Dorf, der Elektriker war und der Trinamool-Partei die Lautsprecheranlage geliehen hatte. Nach dem Treffen sprach Mina ihn an. Sam schien erstaunt, ihr hier zu begegnen, inmitten der Männer, Bauern und Politiker. Er hatte sie angeschaut, als sähe er sie zum ersten Mal, sein schmales Gesicht von der Farbe feuchter Erde, seine großen, verschmitzten Augen, sein ungeduldiger Körper. Er hatte sie mit hinter den Markt genommen, hinter die Häuschen, in die Nähe der bewaldeten Hügel, und sie auf den Pfad zwischen zwei Reisfeldern gelegt, der so schmal war, dass Mina auf beiden Seiten die dichten, samtigen Halme berühren konnte.

Gleich danach war Sam in Panik ausgebrochen, hatte seine Hose hochgezogen und hätte beinahe die Flucht ergriffen. Aber Mina kannte ihn. Sie hatte ihn festgehalten und beruhigt, in den Arm genommen. Hatte seinen Kopf auf ihrer Brust gestreichelt, in der ihr Herz ruhig schlug. Durch die halb geschlossenen Augen hatte sie die Lichtbarke, die Milchstraße auftauchen sehen. Von den Feldern stieg ein milchiger, pudriger Geruch auf, der Duft spielte mit ihren Papillen und ließ ihnen das Wasser im Mund zusammenlaufen. Sie hatten sich geküsst.

Anschließend war Sam jeden Sonntag nach Tajpur gekommen, um am nächsten Abend zurück nach Kalkutta zu fahren. Am Dorfrand traf er sich mit Mina, in den Reisfeldern, wie die anderen heimlichen Liebespaare, die sich über die Felder verteilten, bis zum Horizont, das Flüstern der Männer und Frauen vermischte sich mit dem Zirpen der Grillen, die glühenden Enden der Zigaretten hielten Wache, wie Leuchtkäfer.

Die Zone

Ein Krach, der das ganze Haus beben ließ, riss sie aus dem Schlaf. Ziegel zersprangen, Wände zerfielen zu Staub, der Boden und die Decken wackelten, das ganze Haus vibrierte. Esha schlug ihre Decke zurück und schaute auf die Uhr. Es war schon nach neun. Das zurückhaltende Licht des Tages ermutigte sie nicht. Sie spähte durch den Spion an ihrer Tür. Im Flur war es dunkel. Der Lärm ging weiter. Sie schaltete den Fernseher an, hörte aber nichts, die Stimme der Moderatorin wurde vom Lärm der Presslufthämmer übertönt. Schnell zog Esha sich an. Sie hatte Ferien, aber die schulfreie Zeit brachte auch immer Baustellen im Haus mit sich. Die Leute fuhren weg und vertrauten ihre Wohnungen Bauarbeitern an, die Schichten von Tapete und Gipsverputz entfernten, Wände, Böden und Decken durchlöcherten und durchbrachen. In einer alten Stadt wie Paris musste vor dem Bauen immer erst abgerissen werden, Parzelle für Parzelle, tage- und wochenlang, um die Jahre auszulöschen, die Wirbelsäule der Stadt wieder zum Vorschein zu bringen, an ihr Skelett zu kommen. Esha dachte an Kalkutta, wo Felder und Seen an der Autobahn über Nacht zugeschüttet wurden und Wolkenkratzer still in den Himmel wuchsen.

Sie beschloss, eine Runde durch das Viertel zu gehen, durch die Einkaufsstraße in der Nähe der Kirche, deren Portal aus behauenem Stein sie an ein riesiges weibliches Geschlechtsorgan erinnerte, dessen Lippen den Eingang symmetrisch umgaben. Unter den Bögen des Einkaufszentrums Plaza flanierten junge, spindeldürre Frauen in Grau und Beige, diesen eleganten Nicht-Farben, mit ihren Kavalieren und ihren Pailletten-Beuteln durch das Viertel, das keinen Geruch und keine Farbe hatte, außer dem des Sandsteins, der alle anderen schluckte, und kein Geräusch, weil kein Geschrei den langsamen Fluss des Tages zerschnitt. Wenn sie die Avenue und ihre Seitenstraßen entlangschlenderte, hatte Esha immer den Eindruck, in die Vergangenheit versetzt zu sein, oder vielmehr in eine Vorstellung der Vergangenheit, in ein anderes Jahrhundert, das diese Stadt gesehen hatte, erstarrt und bewahrt wie eine Lotosblüte aus Kristall.

Als sie ihre Tür öffnete, ging auch die der Nachbarwohnung auf. Ein Mann lächelte ihr von der Schwelle entgegen. Seine Haare und sein Bart, lockig und grau, standen im Kontrast zu seiner jugendlichen Fröhlichkeit. »Haben Sie geklopft?«

»Nein! Wie lange werden die Bauarbeiten denn diesmal dauern?«

»Drei, vier Tage, oder zwei Wochen ... Manchmal fällt noch was an und das erledigen wir dann gleich mit.« Der Mann lächelte immer breiter. »Sie haben nicht geklopft?«

»Nein, ich komme gerade aus meiner Wohnung, warum sollte ich an Ihre Tür klopfen?«

Esha versuchte nicht, ihre Gereiztheit zu verbergen. Zwei weitere Arbeiter näherten sich der Tür und gingen dann wieder nach hinten in die Wohnung, um Wände einzureißen. »Warum sagen Sie mir nicht, wie lange die Bauarbeiten dauern werden? Es ist besser, wenn man weiß, wie lange man den Krach ertragen muss.«

Der Mann zuckte mit den Schultern. Dann sagte er lässig: »Am Tag sind die Leute bei der Arbeit. Und Sie? Arbeiten Sie zu Hause?« Wieder zeigte er seine gelben Zähne.

In diesem Augenblick öffnete sich die dritte Tür auf dem Absatz und Eshas Nachbarin, eine große, dralle Blondine, kam heraus und stürmte an ihnen vorbei, ohne sie zu beachten. Der Arbeiter warf ihr einen ehrfürchtigen Blick hinterher, dann wandte er sich wieder an Esha. Seine Augen leuchteten seltsam.

Vielleicht lag es am unterbrochenen Schlaf, von dem ihr die Augen brannten, am Radau, der an ihren Nerven zerrte, oder am immer breiteren Lächeln des Mannes, dem die Lärmbelästigung der Baustelle offensichtlich egal war und der nicht aufhörte, sie von Kopf bis Fuß zu mustern, Esha verlor die Beherrschung. »Ich bin Englischlehrerin und habe Ferien, ich habe wohl ein Recht, zu Hause zu sein, oder?«

Der Mann richtete sich auf, legte den Kopf auf die Seite: »Und geben Sie mir Nachhilfestunden?«, dann brach er in Gelächter aus. Der Gedanke, von einer Frau Sprachunterricht zu erhalten, bereitete ihm sichtlich Vergnügen. Man konnte ihm gerne das Gegenteil erzählen, er wusste, dass sie hinter der schönen Fassade alle läufige Hündinnen waren. Jede Frau, die den Mund vor ihm aufmachte, wollte es ihm mit dem Mund besorgen. Und über die Schwarzen und Braunen, die sich wie Weiße aufführten, konnte er nur lachen. Ein paar bunte Federn machen aus einem Raben noch keinen Pfau!

Esha hätte sich ohrfeigen können. Warum hatte sie nicht einfach ihre Klappe gehalten? Für diese Männer war das nur eine schlüpfrige Metapher.

»Sie sind hier, um zu arbeiten, machen Sie das und kümmern Sie sich nicht um Dinge, die Sie nichts angehen!«, blaffte sie den Arbeiter drohend an.

»Du hast einen Akzent. Bist du Amerikanerin?«

Esha antwortete nicht mehr und entfernte sich auf dem Flur. Es war ihr egal, dass die Muttersprache des Mannes ihm nicht erlaubte, einen Unterschied zwischen Siezen und Duzen zu machen, und dass er wie viele andere jeden fremden Akzent sofort bemerkte. Aber die Gefahr, ihm vor ihrer Tür, in ihrem Hausflur, wenige Zentimeter von ihrer Privatsphäre wiederzubegegnen, ärgerte sie. Es widerte sie an, wie er durch seinen Bart grinste, sie versuchte vergeblich, den Zwischenfall zu vergessen.

Seit einiger Zeit zweifelte sie daran, ob sie noch länger hier leben wollte, in diesem Land, in diesem riesigen Saustall, wo Menschen aus allen Ecken der Welt zusammenkamen, wo man sich darüber aufregte, dass diese ganzen Menschen aus allen Ecken der Welt kamen, um das Land zu entkernen, wie man es mit Ruinen oder alten Häusern macht, um es zu bearbeiten, umzuformen, auf die Schnelle zu verändern. Ein Land bleibt immer eine Problemstellung, eine nie endende Baustelle. Esha war sich immer unsicherer, ob sie diesen Übergang erleben wollte, ob sie den Mut hatte, dieser Umwandlung die Stirn zu bieten. Wenn sie schon tagtäglich mit Menschen in einem Land leben musste, deren Handlungen und Prinzipien von Religion bestimmt waren, wo es eine Bürde war, eine Frau zu sein und eine Sünde, sich der Welt der Männer auszusetzen, dann hätte sie lieber anderswo, in einem anderen Land, zu einer anderen Zeit gelebt.

Sie lief durch die Straßen, blieb vor ihren Lieblingsgeschäften stehen, aber es gelang ihr nicht, sich zu beruhigen. Lange irrte sie umher und zögerte den Zeitpunkt hinaus, an dem sie in ihre Wohnung zurück musste.

Ihr Leben ähnelte ihrer Wohnung. Ein enger werdender Raum, ein Bereich des Möglichen, der mit den

Jahren immer beschränkter wurde. Schon im Flur bekam man einen Eindruck von der Intimität ihres Alltags. Sie fühlte sich den Blicken der Welt ausgesetzt, nur eine dünne Tür trennte ihr Bett von der Außenwelt. Ihr fehlten die langen Flure, die vielen Räume, Wände, hinter denen man sich im Komfort einer großzügigen Geometrie verbergen konnte, um zu verschwinden. In manchen Nächten fürchtete Esha, dass jemand ihre Tür aufbrechen könnte, einer der Arbeiter oder Lieferanten, der ihr im Viertel gefolgt war und ihre Adresse herausgefunden hatte, der sie angesprochen und die Zähne zusammengebissen hatte, als sie ihn zurechtgewiesen hatte. Ihr fehlten die Angehörigen, Männer, Frauen, Kinder, Hunde, Katzen, Kinderwagen, Autos, die Familie, die Macht des Clans.

Und vielleicht war es das, was man ihr vorwarf: Jünger auszusehen, als sie war, und sich nicht altersgemäß zu verhalten, als würde sie immer die falsche Karte ziehen, als würde sie ungeschickt versuchen, ihre Jugend zu verlängern, ihre Studienjahre. Ihr Körper trug keine Spuren der Sorgen, der Sonne, der Zeit. Sie schien unversehrt, wie eine Jugendliche, gespannt wie ein Bogen. Esha hatte keine finanziellen Ambitionen. Sie verstand nicht, wie man welche haben konnte. Solange sie sich Kleider bei Privatverkäufen, exotische Cocktails, die interessantesten Bücher des Jahres leisten konnte, solange sie keine beunruhigenden Mitteilungen von ihrer Bank erhielt, lebte sie.

Während es in Indien für eine alleinstehende Frau unmöglich war, eine Wohnung zu mieten, hatte sich hier niemand daran gestört, als sie ihren ersten Mietvertrag unterschrieben hatte. Die Probleme hatten danach angefangen. Schnell war aufgefallen, dass sie alleine lebte. Dass sie frei war, bedeutete, dass sie es für alle war, ihre Freiheit war nicht ihre Angelegenheit, sondern die der anderen und wurde bedroht von dem Verlangen der Männer und dem Misstrauen der Frauen. Aber ihretwegen, damit sich ihre Nachbarn und die Bürger dieser Stadt beruhigt fühlen könnten, würde sie sich wohl kaum binden. Dieser Mangel folgte ihr überall. Als handelte es sich um eine Grundregel der Quantenphysik, begleitete sie die Abwesenheit eines Ehemanns und eines Kindes auf Schritt und Tritt.

Sie konnte dem Thema nicht ausweichen. Die Abwesenheit eines Kindes ersparte ihr nicht die Fragen über dieses ungeborene Kind. Man wollte wissen, ob sie unfruchtbar sei, ob sie schon in den Wechseljahren sei, und vor allem hatte man sie in Verdacht, nicht richtig geliebt zu werden. Ein Kind zu haben, war genauso wichtig wie eine Arbeit, ein Haus, ein Auto zu haben. Sie war OfW, ohne fürsorgliche Weiblichkeit. Das Universitätsstudium, intellektuelle Fähigkeiten und kulturelle Vorlieben genügten nicht. Sie musste unbedingt ein biologisches Erbe hinterlassen, die Saat ausbringen, die Ernte einfahren, eine Verbindung zwischen ihr und einem anderen Lebewesen herstellen, über Blut, Verdauung, Kot, Genitalien, Atem, Moleküle, ihre Intelligenz und ihr Willen mussten sich durch Atome übertragen, als Beweis, dass sie im pyramidalen System über der Amöbe stand. Um ihr eigenes Leben auszukosten, musste sie Leben schenken.

Um mit dem Leben verbunden zu sein, musste sie ein Körperabkommen schließen. Sonst würden ihre Füße keine Wurzeln schlagen, die Erde würde beben und sich unter ihr auftun.

Seit einem Jahr hatte sie begonnen, zwar nicht ihr Leben, wohl aber ihr Wohnumfeld zu verändern, sie war ein, zwei, dreimal hintereinander umgezogen, im Januar, im März, im September, wie ein Hund, der in seinem Korb im Kreis läuft, ohne die ideale Schlafposition zu finden, war sie durch Paris geirrt, vom Norden in den Süden, vom Osten in den Westen, wo sie sich schließlich niedergelassen hatte. Dann war für einige Monate Ruhe eingekehrt.

Sie lief weiter durch das Viertel und dachte über ihren Antrag auf Einbürgerung nach, fragte sich, was der neue Personalausweis ihr bedeuten würde, blau und weiß, ob er ihr überhaupt etwas bedeuten würde oder ob alles beim Alten bliebe, mit der zusätzlichen Last, beweisen zu müssen, dass sie verdiente, was sie hatte und was als Privileg angesehen werden würde.

Esha verstand, dass sie sich selbst nicht entkommen würde, ihrem Bild, ihrem Schatten. Sie würde der Gefahrenzone nie entkommen, weil sie sie in sich trug, auf ihrer Haut, in ihrem Gesicht, über ihren ganzen Körper verteilt, wie die vergilbte Karte eines fernen Landes. Sie selbst war die Zone.

Eine Nadel im Heuhaufen

Mina betrachtete Maries Gesicht im Licht der Laterne. Sie sah erleichtert aus, seit sie wieder auf die sozialen Netzwerke zugreifen konnte. Sie hatte keine Ruhe gegeben, bis Mina sie zum Internetcafé am Marktplatz begleitet hatte, zwischen die jungen Männer aus dem Dorf, die sich in den Holzkabinen um die großen, schmutzig gelben Computerkästen drängten. Auf dem Flachbildschirm, der hinter der Theke an der Wand hing, wanden sich Tänzerinnen am Strand, im Wald, auf Hügeln, die Musik ließ die Lautsprecher scheppern.

Als sie das Internetcafé verließ, hatte Marie Migräne, wie so oft, seit sie in Kalkutta angekommen war. Die Autos, Busse, Lastwagen, Karren, Rikschas, Fußgänger, Hausierer und Bettler schrien, schimpften, hupten, zerschnitten die Luft der Stadt in ihrem verzweifelten Spurt, bis sich alles zu einem chaotischen Stau verkeilte. Schreie aus den Lautsprechern ließen die Tage und Nächte bis in den letzten entlegenen Winkel beben, die Gebete des Tempels rivalisierten mit den Songs aus Bollywood, die in den Jugendclubs an jeder Ecke liefen, um Filmvorführungen unter freiem Himmel oder ein Parteitreffen anzukündigen. Mit dem Mikro in der Hand durchquerten Aktivisten die Stadt in Rikschas und verteilten Flugblätter. Marie verstand nicht, warum die Leute sich nicht unterhalten konnten, ohne zu schreien, wie es sein konnte, dass sie noch nicht taub waren. Als ob sie Angst vor der Stille hätten, als ob sie den ständigen Krach brauchten, um sich lebendig zu fühlen.

Mina machte sich über sie lustig. Dieses eine Mal traute sie sich. Von Anfang an hatte ihre Beziehung in einem stillschweigenden Einverständnis eine bestimmte Form angenommen. Auch wenn Marie keine Familie in Indien hatte, bei Unbekannten wohnte und für eine junge Frau aus einem reichen Land eher schlecht angezogen und mittellos war, setzte sie sich auch ohne Worte durch. Mina gab nicht vor, ihre Freundin zu sein, und verbarg ihre Bewunderung, in die sich Misstrauen mischte, kaum.

Sie saßen im Schein der Sturmlaterne auf dem Hof und malten Plakate. Mina schrieb Slogans auf Zettel und Marie zeichnete das Logo – eine geballte Faust. Minas Eltern waren im Haus, neben dem Ofen. Der Oktoberabend war schon kühl, der Wind fegte die toten Blätter von den Bäumen, Raben bevölkerten die Banyans und verformten die Umrisse ihrer Kronen. Der Hund kehrte von seinen Streifzügen zurück und verkroch sich im Stall, suchte sich einen Platz im Stroh, neben den Kühen.

Mina konnte nur schlecht schreiben, die Wörter waren nur schwer zu entziffern, die Buchstaben waren unterschiedlich groß, aber sie übermalte diese Ungeschicklichkeit mit viel Farbe, ihr Pinsel wurde immer schwerer. Sie würde nie erfahren, wie Marie mit den Maoisten von Bengalen in Kontakt gekommen war, mit denen sie sich jetzt heimlich im Dorf traf. Sie wusste nur, dass Marie nach ihrer Ankunft im Sommer bei entfernten Freunden gewohnt hatte, dass sie nachts im Internet recherchierte, Listen von Waisenhäusern, Missionen und Ashrams erstellte, und tagsüber die Stadt von Norden nach Süden, von Osten nach Westen durchquerte.

Eines Tages war Marie, nachdem sie die St. Paul's Cathedral aufgesucht und den Mann in Soutane mit ihren Fragen in die Enge getrieben hatte, in das Tagore gewidmete Kulturzentrum gegangen und war auf eine Gruppe Jugendlicher gestoßen, die Gras rauchten und ihre Klampfen zupften, die so mager waren wie sie selbst. Es waren etwa zehn, Mädchen und Jungen gemischt, die ihre Uniseminare geschwänzt hatten. Es war sehr heiß, die Sonne hing sadistisch lange über der Stadt, bevor sie untergehen würde. Sie hockten auf dem betonierten Hof und reckten die Hälse in der Hoffnung auf eine kleine Abkühlung zum Teich des Kulturzentrums. Sie hatten Marie gegrüßt und sie eingeladen, sich zu ihnen zu setzen. Als es Abend wurde, wusste sie bereits alles über ihr bisheriges Leben und ihre Zukunftspläne. Sie gehörten zu einer maoistischen Gruppe und unterstützten regierungskritische Bewegungen in Westbengalen, um die Partei an der Macht zu stürzen, die ihrer Meinung nach den Kommunismus nur im Namen trug und sozialdemokratisch, verräterisch und gefährlich geworden war.

Einer der Studenten hatte ihr vorgeschlagen, sie auf ihrem nächsten Ausflug nach Tajpur zu begleiten, wo die Bewegung gegen die Industrialisierung immer stärker wurde.

»Aber was machen die Bauern, folgen sie euch, ohne Fragen zu stellen?«

Maries Solidarität galt eher den Bauern, die sie nicht kannte, als diesen Jugendlichen, die sich dem Anschein nach Gras, Gitarren und Markenjeans leisten und frei über ihre Zeit verfügen konnten. Aber weil sie genug von ihren Nachforschungen in den Waisenhäusern und Ashrams von Kalkutta hatte, gefiel ihr die Idee, sich aufs Land zurückzuziehen.

Spät in der Nacht waren sie in den Zug gestiegen und am nächsten Morgen in der Vorstadt angekommen. Dort hatten sie den Bus nach Tajpur genommen. Als sie eingepfercht zwischen Bauern und Arbeitern, ihren Weidenkörben und ihren Hühnerkäfigen stand, hatte Marie Tränen in den Augen. Endlich fühlte sie sich nützlich, den einfachen Leuten und der Sache verbunden. Sie hatte daran gedacht, was sie insgeheim zu ihrer Reise nach Indien bewegt hatte. Nun schien alles zusammenzupassen, als müsse sie ihre Liebe für dieses Land erst beweisen, bevor es sie in seinen Schoß aufnahm.

Mina fand nie heraus, dass ihre Begegnung mit Marie kein Zufall gewesen war. Maries Genossen hatten das Dorf Tajpur vor einiger Zeit in den Blick genommen, um dort ihr Basislager zu errichten, über das Bauprojekt der Automobilfabrik war schon viel geschrieben worden, die Bauern kochten vor Wut. Auf ihren Rat hin hatte Marie die junge Frau angesprochen, die oft zum Lebensmittelgeschäft am Großen Bahnhof von Kalkutta kam, auf der Suche nach irgendwem, verzweifelt, den Tränen nahe, bevor sie den Zug zurück in ihr Dorf nahm.

Mina hatte sich über Maries plötzliche Zuneigung gewundert. Sie war sich bewusst, dass sie quasi Analphabetin war. Sie konnte weder ihren Bundesstaat noch ihr Land auf einer Karte finden, es war ihr gleichgültig, ihr waren die Götter und Göttinnen und auch die Reiskörner heilig, die sie niemals achtlos zertrat, jeden ersten Donnerstag im Monat bereitete sie mit ihren Eltern eine heilige Opfergabe auf Bananenblättern zu und betete für eine gute Ernte. Ihre Intelligenz war fast körperlich, animalisch, ungezähmt. Ihre Unwissenheit war erschreckend. Sie lebte von der Erde, die sie bearbeitete, und war ihr ganz und gar ergeben, ohne sich Fragen zu stellen. Argumente und Argumentationen drangen nicht zu ihr durch. Ihre Gegensätzlichkeit war extrem und verwirrend. Es war, als könnte sie im Dunkeln sehen und würde bei Tageslicht über alles stolpern.

Die Unwissenheit der Bauern und ihre blinde, aufs Überleben gerichtete Entschlossenheit störte die Maoisten nicht. Um die linke Regierung von Westbengalen zu stürzen, waren sie bereit, alle zu benutzen und sich mit jedem zu verbünden. Sie infiltrierten die Region und zerstreuten sich. Abends hielten sie geheime Treffen bei den Bauern ab. Am Tag trafen sie sich mit den Anführern des Trinamool.

Weder Marie noch ihre Genossen in den linken Splittergruppen ahnten, dass kein ruhmreicher Sieg auf sie wartete, sondern ein gewaltsamer Aufstand, dass es zu schrecklichen Zusammenstößen zwischen den Bauern und der Polizei kommen würde, dass diese Seite der Geschichte in Blut getränkt sein würde.

Ein Ufo in der Nacht

Maries Mail kam, als Esha gerade durch die Gänge zur Metro hastete. Ihre Handtasche und ihren nassen, vom Wind eines unangenehmen Herbstes gebeutelten Regenschirm in einer Hand, gelang es ihr, das Telefon zu bedienen und die Nachricht zu lesen.

Seit Monaten hatte Esha nichts von ihr gehört. Sie waren weder wirklich Freundinnen noch langjährige Bekannte. Marie Montigny gehörte zu einer Gruppe Feministinnen, denen Esha in den sozialen Netzwerken folgte. Vom Bildschirm ihres Computers hatte ihr Gesicht sie angelächelt wie ihr eigenes Spiegelbild, derselbe lehmfarbene Teint, dieselben schwarzen Augen, dasselbe tiefschwarze Haar. Wahrscheinlich war Marie im selben Land, vielleicht sogar in derselben Stadt geboren wie sie, möglich, dass sie in Zwillingsstraßen laufen gelernt hatten, in der Nähe des Sees, in der Nähe der Felder, die die pastellfarbenen Häuser säumten, weiß blau rosa, mit flaschengrünen Fensterläden, dass sie beide nach dem Gewitter die Kokosnüsse im Garten aufgesammelt und sich vor den Bananenstauden gefürchtet hatten, die sich nachts wie Gespenster hinter dem Fenster im Wind wiegten, dass

Gras über die Hüpfkästchen gewachsen war, die sie zurückgelassen hatten. Auf dem Computerbildschirm trennten sie weder die Meere noch die Stunden.

Verwirrend waren ihr christlicher Vor- und Nachname, vor allem weil Marie hin und wieder rotes *Sindur* auf der Stirn trug. Seit sie sie kannte, hatte Esha sie nie nach ihrer Kindheit oder ihren französischen Eltern gefragt. Sie war offen genug, um mit Leben jenseits vorgezeichneter Wege umzugehen, mit versprengten, riskanten, überraschenden Leben.

Marie hatte gezögert, bevor sie im Internet auf Eshas Foto geklickt hatte. Ihr schmales Gesicht war von glatten schwarzen Haaren gerahmt, ihr leuchtender Lippenstift, ihr Kleid mit dem tiefen Ausschnitt, ihre Pumps mit den hohen Absätzen, und vor allem ihr Schmollmund und der selbstgefällige Blick hatten Marie geärgert. Über gemeinsame Freunde war sie mit ihr in Kontakt getreten. Hin und wieder tauschten sie sich im Internet aus. Wenn ihnen die Worte ausgingen, schickten sie sich wütende, erstaunte, traurige, kritische, lächelnde oder auch lachende Smileys. Im Laufe ihrer Gespräche hatte Marie eine Frau kennengelernt, die sie an die Filme von Almodóvar erinnerte. Esha hielt große Stücke auf Godard und Fellini, aber ihr fehlte die Zartheit, die lässige Anmut und die majestätische Schönheit, sie war nervös wie ein kleiner Hund, das reinste Energiebündel, unersättlich, in ihrem Kopf musste es einen Verstärker für Klang und Bild geben, sie lebte im überlebensgroßen Abbild einer Parallelwelt.

Langsam hatte Marie sie ins Herz geschlossen. Sie

schaute oft auf Eshas Seite vorbei und hinterließ ihr nette Nachrichten. Esha zog der Wirklichkeit eine fiktive Version der Wirklichkeit vor. Als sie herausgefunden hatte, dass Marie von einem Ehepaar von hier adoptiert worden war, hatte sie sich gefreut, als würde dieses schwere Los Marie in einem besonderen Licht erstrahlen lassen. Esha fand das traurig und schön, romantisch.

Eines Tages trafen sie sich, und in der Bar vertraute sich Marie ihr an. Als sie in der Mission der berühmten Mutter Oberin abgegeben worden war, konnte sie noch nicht einmal richtig laufen und brabbelte ihre ersten Worte, bei denen sich um ihren Mund Spuckeblasen bildeten. Schwarzen, notleidenden Händen entrissen, war der Tragekorb bei wohlhabenden Leuten in Frankreich gelandet. Man weiß nicht, ob es sich um ein Geschenk, einen Akt der Barmherzigkeit handelte oder ob die Reise des Kindes von einem Land ins andere, von einer kleinen Hütte in ein Haus aus Sandstein in einer ruhigen Pariser Vorstadt mit Geld erleichtert oder sogar in die Wege geleitet worden war. Der Verdacht des Geldes hatte alles beschmutzt, wie überall sonst, so musste es sein, man hatte das Baby gekauft und die kleine, von Hand genähte Decke aus alten Saris zurückgelassen. Nachdem sie ihre Kindheit, ihre Jugend und sogar die ersten Jahre ihres Erwachsenenlebens in Paris verbracht hatte, wollte Marie ihr Geburtsland sehen und ihre biologischen Eltern kennenlernen. Sie war nach Indien, nach Kalkutta gereist, mehrere Male, war durch die Straßen gestreift, hatte Leute, Vereine, Krankenhäuser befragt, hatte gesucht, ohne Erfolg. Bis sie dieses Jahr wieder aufgebrochen war.

Sie hatte Esha nicht erzählt, dass sie dort linke Aktivisten kennengelernt hatte. Ihre nüchternen Ausführungen, zielsicher wie ein Pfeil, ohne Kompromisse, ohne Grautöne, fast kindlich, passten ihr genau. Seit einiger Zeit sah sie die Welt in Schwarz-Weiß, andere Farbtöne waren nur unnötige Ablenkungen, hinderliche Zugeständnisse. In der Gruppe, die Kalkutta verlassen und sich unter die Dorfbewohner, die Bauern und Landarbeiter gemischt hatte, hatte Marie ihren Platz gefunden. Ihr großzügiger Körper erinnerte die Leute an den Lehm der Reisfelder, ihre Sanftheit verzauberte die Frauen, ihre Stärke überraschte die Männer.

Bisher waren nur wenige Neuigkeiten von ihr durchgesickert, wie entfernte Echos in den sozialen Netzwerken tauchte sie von Zeit zu Zeit auf Fotos in den virtuellen Räumen auf, meist in Begleitung von jungen Frauen und Kindern. Sie hätte ihnen ähneln sollen, in der Menge untergehen, aber sie stach heraus, das gleiche Gesicht, die gleiche Haut, der gleiche Körper hob sich vom Rest ab, etwas stimmte nicht, wirkte unbeholfen, traurig, sie war nicht von dort, sie war nicht von hier, auf den Fotos umringten die Leute aus dem Dorf sie wie einen exotischen Baum, ein vom Himmel gefallenes Ufo, und vielleicht verhalf ihr diese Fremdheit zu ihrer Aura, diesem geheimnisvollen Schein, der sie umgab, der ihr den Duft von blühenden, verheißungsvollen Ländern verlieh, vielleicht war sie der Schlüssel ihres Erfolgs, ihrer Wirkung auf die Bauern, denn sie hatten begonnen, auf sie zu hören und ihr in ihren Kämpfen zu folgen.

Esha las die Mail noch einmal. Marie plante mit ihren Genossen in Kalkutta eine große Demonstration gegen die regierende sozialistische Partei und gegen die geplante Automobilfabrik und bat ihre Freunde in Frankreich, eine Petition zu unterzeichnen. *Widerstand, Kampf, Waffen* – die dick gedruckten Wörter weckten Eshas Interesse. Sie hatte keinen Kontakt mehr zu ihren früheren Genossen, sie hatten es als Verrat empfunden, dass sie Kalkutta verlassen hatte, auch wenn sie bloß eine winzige Rolle in der Partei gespielt und sich eher am Rand bewegt hatte, damals war sie in einen jungen Gewerkschafter an ihrer Universität verliebt gewesen. Die kommunistischen Genossen hatten ihr westliches Leben in einem reichen Land nicht gutgeheißen.

Diese Petition zu unterschreiben, würde ihren Verrat komplett machen.

Marie hatte die Nachricht als Sammelmail verschickt. Esha las die Namen der anderen Adressaten. Da war der der engagierten Intellektuellen, die sie immer an die Hauptfigur aus dem Film *Tomboy* erinnerte. Ihr Gesicht mit den breiten Wangenknochen, ihre kinnlangen Haare, die honigblonden Strähnen, die ihr in die Stirn fielen, ihr sanftes Lächeln und ihre gletscherblauen Augen brachten sie immer durcheinander, sie verspürte eine unendliche Zärtlichkeit für sie, eine quasi bedingungslose Bewunderung, sie hörte ihr zu, wenn sie im Fernsehen oder im Radio sprach, teilte ihre Veröffentlichungen in den sozialen

Netzwerken, hatte sie aber nie kennenlernen wollen, aus Angst, einer Figur aus Glas zu nahe zu kommen.

Im Gehen verfasste Esha eine kurze Nachricht, um Marie zu sagen, dass sie mehr Informationen benötigte, bevor sie die Petition unterschreiben konnte. Dann warf sie noch einen Blick auf die anderen Mailadressen, auf die Namen der Empfänger, blieb an einem hängen, musste lächeln und verschickte die Mail, ohne die anderen in Kopie zu setzen.

Schmutzige, stumpfe Erde

Vermutlich setzt sich die Natur des Menschen aus mehreren, unsichtbaren Schichten zusammen. Was schmerzt, ist nicht die Wahrheit und auch nicht die Lüge, sondern was beides voneinander trennt oder was sie verbindet. Dieser Berührungspunkt, diese Zone des Halbdunkels, wo nackte Stromkabel herunterbaumeln.

Sam hatte Mina versprochen, dass alles noch vor der großen Kundgebung des Trinamool gegen die Regierung geregelt sein würde. Er hatte ihr versprochen, dass er mit ihren Eltern sprechen, in aller Form um ihre Hand anhalten würde, auch wenn sie Cousins waren, würde er ihre Familien überzeugen können. Aber das Lebensmittelgeschäft steckte in finanziellen Schwierigkeiten, einer der Angestellten klaute regelmäßig Waren aus den Lagerbeständen und verkaufte sie an Hausierer weiter, und nachdem Sams Vater nacheinander zwei Personen entlassen hatte, hatte er ihm mehr Verantwortung übertragen. All das erklärte er Mina, der vor Angst und Scham der Schweiß auf der Stirn stand. Trotz ihrer weiten Kleider fiel es ihr immer schwerer, ihren runden Bauch zu verstecken, und sie musste sich ständig übergeben. Sie saß auf dem Boden und hatte das Gefühl, gleich ohnmächtig zu werden.

Sie hörte Sam zu, verlor aber den Faden seiner Worte, den Faden ihrer eigenen Gedanken. Die Angst nagte an ihr, grub einen Tunnel in ihr Inneres. Sie wurde zu einem trockenen, ausgehöhlten, porösen Baumstamm, der jederzeit umstürzen konnte. Nachts im Bett lag die Luft schwer auf ihr und war voller ungestümer Geister. Im Liegen fühlte sie sich wie auf einem Totenbett, in einem Grab, unter schmutziger, stumpfer Erde begraben. Ungeduldig wartete sie auf den Tag, um wieder aufstehen zu können.

Mina ging anschließend noch einige Male in das Viertel um den Großen Bahnhof von Kalkutta. Wenn sie aus dem Zug stieg, fühlte sie sich immer verloren. Obwohl es verboten war und es Übergänge zu den verschiedenen Bahnsteigen gab, kletterten die Leute auf die Gleise, die von Müll, Bananenschalen und Zigarettenstummeln übersät waren, und überquerten sie, um auf der anderen Seite wieder hochzusteigen. In der Halle, eingezwängt und mitgerissen von der Menge, fiel Minas Blick auf die großen Schilder von McDonald's, die Hähnchenburger mit Currysoße anpriesen, sie hingen von der hohen Decke, deren Kuppel sie nicht sehen konnte, als ob ihr diese Nahrung von einer dunklen Himmelsmacht dargeboten würde. Vor dem Bahnhofsgebäude aus rotem Backstein mit seinen Türmen standen gelbe Taxis in einer Reihe, die Fahrer spielten stolz mit ihren Mobiltelefonen, während sie auf Kundschaft warteten, und wiegten den Kopf im Rhythmus der Bollywoodsongs von ihrem iTunes-Account.

Mina lief unter den staubigen Bäumen hindurch, die den hohen Zaun um den Bahnhof säumten. Je näher sie dem Lebensmittelgeschäft kam, desto trockener war ihre Kehle.

Kleine Zelte standen am Rand des Gehsteigs. Die der Arbeiter der vielen Baustellen, die das Gesicht der Stadt veränderten. Sie waren vom Land gekommen und hatten sich zu Füßen der Wolkenkratzer niedergelassen. Rollen mit Plastikfolie waren an die Wand gelehnt und ausgerollt worden, um ein Dach zu bilden, alte Saris hingen auf Schnüren, um die Familien vor den Blicken der Passanten zu schützen, der betonierte Boden war mit Lappen, alten Zeitungen und Jutesäcken ausgelegt. Vor dem Eingang standen Sandalen und markierten einen Beginn von Intimität. Hier und da hockten Kinder über Blättern und Schulbüchern, kritzelten etwas, andere spielten und krochen auf dem Boden herum, zogen die räudigen Hunde am Schwanz, kletterten auf ihre Rücken, inmitten der Töpfe, die auf kleinen Öfen aus Ziegeln und Lehm standen. Ein paar verbeulte Küchenutensilien aus Aluminium und Email und mit Wasser befüllte Benzinkanister vervollständigten diese Küchen unter freiem Himmel. Die Frauen, die keine Anstellung als Arbeiterin oder Haushaltshilfe gefunden hatten, liefen geschäftig auf dem Gehsteig umher, kämmten ihren Freundinnen die Haare und entlausten einander, schimpften mit ihren Kindern, verteilten Ohrfeigen, wenn sie auf die Straße laufen und sich zwischen den rasenden Autos hindurchschlängeln wollten.

Mina kam immer außer Atem. Der Weg schien ihr unendlich. Manchmal konnte sie mit Sam sprechen, zwischen den Jutesäcken voll Reis, Weizen, Linsen in allen Farben, ihre Augen brannten von den getrockneten Chilis, manchmal war Sam nicht da. Sagte man ihr.

Wenn sie die Straße hinunterging, begleitete sie ihr Spiegelbild in den Schaufenstern der Geschäfte. Ihre schwarzen Haare schlängelten sich über ihre Baumwolltunika mit Wildblumen, rot rosa grün ocker. An diesem Tag hörte sie einen Pfiff. Dann ein Zischeln. Eine Männerstimme rief nach einer Schafsherde oder einem entlaufenen Hund. Ohne sich umzudrehen, sah Mina den Mann aus den Augenwinkeln, er saß am Steuer eines schwarzen Autos. Er war dick, der enge Kragen seiner Jacke schnürte seinen Hals ein, und er meinte sie. Mina wich seinem Blick aus und ging weiter. Mit quietschenden Reifen hielt der Wagen mitten auf dem Fußgängerüberweg, den sie nehmen wollte. Mina blieb abrupt stehen und betrachtete das Auto. Zu ihrer großen Überraschung war es nicht das des Mannes, der sie gerufen hatte, es stand hinter ihr, an der roten Ampel. Es war ein anderes, helleres, mit einem jüngeren Mann am Steuer. Sobald sich ihre Blicke kreuzten, versuchte er, sein entschuldigendes Lächeln zu verbergen und senkte den Kopf, die Wut der jungen Frau freute ihn sichtlich, er drückte auf die Hupe und fuhr weiter.

Mina war sprachlos. Verwirrt überquerte sie die Straße und bog auf der anderen Seite in eine Gasse, um sich hinter den zwei- und dreistöckigen Häusern mit den gelben, grünen, rosa, blauen Fassaden und den Satellitenschüsseln auf dem Dach zu verstecken. Sie verstand nicht recht, wie ihr geschah. Es war nicht klar, was die plötzliche Treibjagd ausgelöst hatte, die leuchtenden, wilden Blumen auf ihrer Tunika oder ihr langer, schwarzer Zopf, der sich über ihren Rücken schlängelte, oder auch der Geruch, der von ihr ausging, nach Angst, nach Scham, vermischt mit ihrem Begehren nach Sam? Hatte ihr Körper sie verraten?

Schnell fuhr sie zurück nach Tajpur. Aber auch im Innenhof und unter den Bäumen der kleinen Gassen hatte sie den Eindruck, verfolgt zu werden, von den Autos, die beim Marktplatz wie Boote über den holprigen Boden tanzten, von den Männern, die an ihr vorbeigingen, sie heimlich musterten oder sie aus den Augenwinkeln beobachteten. Sie wusste nicht, ob es ihre Nachbarn waren, Leute aus dem Dorf oder der Umgebung, ob sie von außerhalb kamen, aus Orten, wo sie niemals gewesen war, wo sie niemanden kannte. Es war ein langer Zug von Männern, finstere Gestalten mit stechendem Blick, sie hätten ein und derselbe sein können, ein einziger Mann, den Mina immer und überall sah. Der eine, der in der Vorstadt zu ihr herübergeschielt hatte, als sie aus Kalkutta gekommen war, oder der andere, der bei ihrem Gespräch mit dem Abgeordneten dabei gewesen war, im Büro der kommunistischen Partei, und erst ganz am Schluss aufgeschaut hatte, breit grinsend, um dem Abgeordneten zu bestätigen, dass sie zur Frau geworden war.

Frohe Weihnachten

Der Freitagabend war Esha heilig. Es war der Beginn eines Versprechens, ein Innehalten vor dem Wochenende. Von der Welt abgeschnitten, in ihrem Kokon verkrochen, ging sie alle Möglichkeiten durch.

Aber dieses Mal riss sie das Klingeln des Telefons aus den Gedanken. Sie legte ihre Gabel auf dem Rand ihres gefüllten, dampfenden Tellers ab und suchte ihr Telefon. Es war ihre Mutter.

Sie warf einen Blick auf die Wanduhr – Mitternacht in Kalkutta –, das war keine Uhrzeit, um die ihre Mutter normalerweise auf den Beinen war. Sie warf ihrem Teller einen sehnsüchtigen Blick zu, schob ihn von sich und nahm ihr Weinglas in die Hand.

»Was ist los?«

»Gestern Morgen um elf hat ein Mann angerufen und nach dir gefragt. Als ich ihm gesagt habe, dass du nicht hier wohnst, wirkte er überrascht und hat aufgelegt. Ein paar Stunden später, am Nachmittag, ist meine Haushaltshilfe gekommen, und ich habe sie gebeten, mir einen Tee zu machen, nicht mit Milch, sondern mit Zitrone, weil im Kühlschrank seit einer Weile Zitronen liegen, die bald schimmeln ...«

»Okay, du hast einen Tee mit Zitrone getrunken, und was ist dann passiert?«

»Ein Mann hat bei uns geklingelt, im Erdgeschoss, ich habe ihm aus dem ersten Stock geantwortet, er hat von dir gesprochen, hat Angaben gemacht, die mir richtig erschienen, deshalb habe ich ihm aufgemacht.«

Esha stellte ihr Glas auf den Tisch, stand auf und begann, im Zimmer auf und ab zu gehen. Ihre Mutter erzählte, dass der Mann sehr elegant und höflich gewesen und nur einige Minuten geblieben sei, um sie über Esha zu befragen, dass es nicht der Mann vom Telefon, nicht dieselbe Stimme gewesen sei. Es verstand sich von selbst, dass sie die Fragen dieses Mannes beantwortet hatte, der sich die Mühe gemacht hatte, bei ihr vorbeizukommen, und sich außerdem um ihre Tochter sorgte, die allein im Ausland lebte.

Es fiel Esha leicht, sich die bedauernden Seufzer und das missbilligende Schweigen ihrer Mutter vorzustellen, ihren leeren Blick, der durch das stickige Zimmer voller alter, dunkel und krumm gewordener Holzmöbel irrte, der Geruch von Naphthalin, vermischt mit dem der Räucherstäbchen, deren herunterrieselnde Asche die Zeit anzeigte, die so langsam verging. Als ihre Mutter sagte, dass sie diesem Unbekannten ihre Pariser Anschrift gegeben hatte, dauerte es mehrere Sekunden, bevor sie reagierte. Das Gespräch endete wie so oft in Tränen und Geschrei.

Nachdem sie aufgelegt hatte, war Esha wie benommen. Wer fahndete nach ihr? Wer kannte diese Details über ihr Leben, in Kalkutta und in Paris?

Wie dumm sie doch war! Das mussten die Nachforschungen für ihre Einbürgerung sein, natürlich! Esha verfluchte sich, dass sie ihre Mutter nicht darauf vorbereitet und ihre Zukunft aufs Spiel gesetzt hatte. Aber ihre Reue hielt nicht lange an. Wenn sie von ihrem Vorhaben gewusst hätte, hätte sich die Mutter vielleicht noch mehr über ihre unwürdige Tochter beschwert, so egoistisch und ehrgeizig, schließlich war sie überzeugt, dass dieses selbstgewählte Exil ein riesiger Fehler war, dass es ihrer Tochter schlecht ging, weil sie alleine lebte, schlecht aß, weil keine Hausangestellte ihr das Essen zubereitete, schlecht schlief, weil die Sonne zu Zeiten auf- und unterging, die sie, ihre Mutter, nicht kannte.

Esha vertraute auf die Hierarchie, auf die Leute an der Macht, sie glaubte an einzigartige und einzelgängerische Lebenswege und dachte, sie könne die mächtigen Entscheider mit ihrer Persönlichkeit und ihrem Willen beeindrucken. Deshalb entschied sie, die Ruhe zu bewahren und stellte sich auf ein weiteres Interview mit der Präfektur ein.

Christophe Richard hatte sich schon eine Weile nicht mehr gemeldet. Im letzten Monat hatte er ihr ein Treffen vorgeschlagen, aber Esha hatte abgelehnt. Sie verstand nicht, was diese Tête-à-têtes in irgendwelchen Bars nach Feierabend sollten, sie verstand die Befragungen nicht, die den behördlichen Rahmen verließen und auf abschüssiges Terrain drifteten.

Per SMS hatte er ihr dann ein Haiku geschickt. Auch wenn diese drei Zeilen bloß die Schönheit eines Gebirges bei Dämmerung priesen, war es Esha unangenehm gewesen, und sie hatte beschlossen, ihm nicht zu antworten. Er hatte sie angerufen und begonnen, ihr mit seiner honigsüßen Stimme Fragen zu stellen. »Werden Sie in der nächsten Zeit in Ihr Land fahren?« Esha hatte die Wahrheit gesagt, sie hatte keinen Grund, ihn anzulügen, sie würde an Weihnachten hinfahren. »Sind Sie Christin? Das haben Sie mir gar nicht gesagt.«

»Man muss nicht Christ sein, um Weihnachten zu feiern!« Esha war es immer schwerer gefallen, die Fassung zu bewahren.

»Ist es nicht gefährlich, in Bangladesch Weihnachten zu feiern, so eine Minderheitenkultur?«

Esha hatte nicht gleich gewusst, ob er wirklich so unwissend war oder ob er ihr eine Falle stellte. Sie hatte ihm erklärt, dass sie in Indien seit ihrer Kindheit Leute gesehen hatte, die an Weihnachten ihren Spaß hatten, dass sogar die Läden in den kleinen Dörfern spezielles Gebäck verkauften, eingewickelt in glitzerndes Zellophanpapier. »Sie können Asyl beantragen, wenn Sie zu einer Minderheit gehören.« Ihre Erklärungen schienen nicht zu Christophe Richard durchzudringen. Da hatte sie verstanden, dass er sie von Anfang an in Verdacht hatte, ihre tatsächliche Herkunft zu verschweigen, dass er davon ausging, dass sie aus Bangladesch kam, diesem von blutigen Aufständen und Konflikten zwischen verschiedenen Bevölkerungsgruppen verwüsteten Land, aus dem die

Leute massenweise nach Europa kamen, um Asyl zu beantragen. Sie hatte verstanden, dass sich dieser Mann für sehr schlau hielt und meinte, eine Blenderin durchschaut zu haben, die sich, anstatt in den Horden von Asylsuchenden, ihren angeblichen Landsleuten, unterzugehen, anstatt den sicheren Misserfolg einer solchen Unternehmung zu riskieren, eine andere Herkunft, ein anderes Leben erfunden hatte. Sie war außer sich vor Wut gewesen. Hatte aufgelegt. Später in der Nacht, als sie nicht schlafen konnte, war sie aufgestanden und hatte eine wütende Nachricht auf Monsieur Richards Anrufbeantworter hinterlassen. Sie hatte ihn als Idioten, als Irren beschimpft, er hielt sich für einen 007, war aber nur eine große Null, dreimal null, zum Abschluss hatte sie ihm gedroht, Anzeige zu erstatten, denn niemand stand über dem Gesetz, auch nicht die, die es verkörperten.

Vom Anruf ihrer Mutter alarmiert, fürchtete Esha, dass es ein abgekartetes Spiel von Christophe Richard war, dass er alles in Bewegung gesetzt hatte, um seinen Verdacht zu erhärten. Ohnehin hatte er ehrliche, direkte Antworten niemals annehmen können, als ob es ihm missfalle, dass die Dinge manchmal einfach und vorhersehbar waren, vielleicht versuchte er, sein Gehalt zu rechtfertigen, sich den Anschein von Haltung und Wichtigkeit zu geben.

Schwarz und langsam wie eine Raupe

Das erste Mal hatte er sie im Frühjahr gesehen, als die Nacht nur langsam über den Markt der Vorstadt hereinbrach. *Hereinbrechen* ist vielleicht nicht das richtige Wort, weil die Nacht manchmal eher aufzieht, mit rosa orange samtenem Licht, hinter den Häusern und dem Markt, eine Brise stellt den Kragen des Hemdes auf, das am nackten Oberkörper klebt wie das Segel eines Bootes, bereit für die Flut. So ein Frühlingsabend war es also, er war dabei, seinen Blumenladen zu schließen, kniete sich hin, um das Eisengitter am Boden zu verriegeln, als er sie sah. Zuerst sah er ihre Füße, die in korallenroten Sandalen steckten und sich ihm leise klackernd näherten. Einen Augenblick lang dachte er, dass sie seinetwegen kam, um ihn zu sehen, um mit ihm zu reden. *Aber das kann nicht sein!* Sie kannte ihn doch gar nicht und überhaupt kannten Mädchen wie sie keine Jungen wie ihn. Mädchen wie sie liefen mit gesenktem Kopf umher und zogen nervös an ihrem Schultertuch, um ihre Brüste zu verbergen, um ihren Körper zu verbergen, ihn zu tarnen, als würden sie sich für ihn schämen, als sei schon seine pure Existenz ein Verstoß gegen das gute Benehmen.

Er dachte nicht mehr an die Unwahrscheinlichkeit ihres Zusammentreffens, er schaute auf und hatte den Eindruck, dass seine Netzhaut von Gelb überschwemmt wurde. Das Mädchen hatte eine Haut wie ein Spiegel, die die letzten Sonnenstrahlen trank und zurückwarf. Er wusste nicht, ob es ihre Schönheit oder ihre Zurückhaltung war, ihr Misstrauen oder ihr wohlgeformter Körper unter der weiten Tunika und dem kanariengelben Schultertuch, die sie so anziehend machten. Er lächelte, versuchte, sein Lächeln zu verbergen. Er war glücklich, dieses Mädchen machte ihn glücklich. Wenn die Schönheit ein Glücksversprechen war, war dieses Mädchen unleugbar schön. Er spürte die Wirkung dieser Schönheit in seiner Hose, über den Geruch von Schweiß und Urin legte sich der seines Glieds, in dem sich das Blut staute, das sein Bestes tat, seine Kümmerlichkeit aufzublähen, das drückte, sich wütend aufrichtete. Er musste lachen.

Sein Kollege hatte den Laden schon verlassen, gleich würde er das Internetcafé des Viertels betreten, wo die nackten Körper von Frauen aller Hautfarben, aller Länder auf dem Bildschirm kostenlos die Grenzen übertraten, für Stunden versammelten die Männer sich dort, verließen den Laden schwankend, trunken und abgestumpft, ebenso verstört wie zuvor.

Von seinem Lachen herbeigerufen, kam sein Kollege zurück. Zusammen glotzten sie dem Mädchen hinterher, das den Laden passiert hatte, sie wartete an der Kreuzung, dass die frenetisch rasenden Busse, Lastwagen, Karren für einen Augenblick stillstanden und sie über die Straße ließen.

»Los, geh sie holen! Ich hab sie schon mal gesehen. Sie kommt oft hier vorbei.«

»Echt? Wo geht sie hin? Hat sie einen Kerl? Verheiratet scheint sie nicht zu sein.«

»Schlampe! Sie hat es schon getan. Das kann man sehen. Hast du gesehen, wie sie geht?«

»Ja, klar hab ich's gesehen.«

Er hatte es selbst eigentlich noch nie getan … Das Mädchen damals hatte sein Geld nicht gewollt, sie hatte sich die Hand an ihrem Schultertuch abgewischt und ihn sogar angelächelt, bevor sie sich zu den anderen Mädchen in der Allee gestellt hatte, in der hintersten Ecke des Marktes, neben den Ständen mit dem Alkohol und den Tuberosegirlanden. Ihr scharlachroter Lippenstift und ihre weiß gepuderten Gesichter, die leuchtenden Punkte auf ihren Stirnen und das Rascheln ihrer betörend duftenden Kleider, all das hatte ihn so nervös gemacht, dass er sich aus der Allee davongestohlen hatte, schwarz und langsam wie eine Raupe.

Während sein Freund ihm von diesem Mädchen erzählte, wurde er immer wütender. Sie hatte die Straße überquert und verschwand hinter einem Häuserblock. Sein kümmerliches, schlüpfriges Glück beschämte ihn. Es war ein blendend gelber Schlussstrich unter dem Tag. Sie war von gegenüber gekommen und sofort wieder verschwunden, ohne abzuwarten, was er ihr zu sagen hatte. Und was, wenn er ihr folgte? Die Idee blitzte in ihm auf. Wenn sie das nächste Mal hier vorbeikommen würde, würde er ihr folgen, genau! Er würde sie ansprechen, sie für sich einnehmen, und wenn sie ihn abwies, würde er ihr folgen. Irgendwo würde sie schließlich stehen bleiben müssen, dann würde sich zeigen, ob sie sich widersetzte. Sie war keine Hure, also würde sie auf der Straße nicht laut werden, aber sie war auch nicht keusch, sie wusste, was sie hatte. Sie würde sich schämen, sie würde nicht schreien.

Er schlängelte sich hinten aus dem Laden, pfiff unbeholfen ein Liedchen und pinkelte auf einen Müllhaufen, auf die Plakate der Kinostars an der Wand, er ließ den Strahl wandern, betrachtete lange die Tropfen auf den gepuderten Gesichtern und den übertrieben großen Brüsten, bevor er den Reißverschluss seiner Hose wieder hochzog und in die Urinpfütze spuckte, die langsam in einer Ritze des Gehsteigs versickerte.

Standarten und Fahnen

Sie blieb abrupt zwischen den Regalreihen mit Nudeln und Soßen stehen, erstarrte vor Esha, schluckte. Die Frau um die fünfzig fixierte sie, versteinert vor Angst. Esha schien es, als könnte sie sehen, wie das Herz der Frau bis zum Hals klopfte. »Entschuldigung«, sagte sie und ging an ihr vorbei.

Es war Samstag zur Mittagszeit. Esha war zum Einkaufen gegangen. Wie gewöhnlich hatte sie sich auf den Sicherheitsbereich von 750 Metern beschränkt, den sie bei ihrer Ankunft im Viertel in ihrem Kopf abgesteckt hatte. Aber sie musste bitter feststellen, dass die anderen ebenfalls in ihrem Sicherheitsbereich lebten und nicht mit ihr rechneten, hier, wo die Männer und Frauen trotz unterschiedlicher Herkunft dank der weißen Neutralität ihrer Haut eine homogene Landschaft bildeten. Sie wunderte sich immer wieder über die Bezeichnung *People of colour*, als ob die anderen durchsichtig wie Babykrabben wären.

Ihre Landsleute lebten im Norden der Stadt, in der Nähe des Großen Bahnhofs, dieses Viertel erinnerte an einen riesigen Kochtopf, aus dem der Geruch nach Kreuzkümmel, Kurkuma, Curry, Räucherstäbchen und Blumengirlanden aufstieg, wo die Saris in grellen Farben mit den Küchenutensilien aus Edelstahl und Messing in den Eingängen der Läden um die Wette leuchteten, wo tropisches Gemüse von den Auslagen auf den Gehsteig quoll, während im Hinterzimmer die tiefgefrorenen Fische in Formol warteten. Die Ehefrauen und Töchter von Diplomaten, Unternehmern und reichen Erben fuhren dorthin, verborgen hinter den getönten Scheiben ihrer Wagen, die von treu ergebenen Chauffeuren gelenkt wurden, sie schützten sich vor der niederen, dreckigen Welt.

Esha erinnerte sich, wie in ihrer Jugend Bleichcremes den indischen Markt überschwemmt hatten; in den 1990er Jahren wurde in den Magazinen und beim Farbfernsehen mit der Belichtung übertrieben; große Werbetafeln präsentierten mit Hilfe einer Art Lamellenrollo das Gesicht einer Frau in zehn verschiedenen Teints, vom dunkelsten zum hellsten, bei jeder Bewegung der Metalllamellen wurde die Frau am Straßenrand weißer, während sich daneben Autos, Busse, Lastwagen, Karren, Kühe, Hausierer, Fußgänger und Bettler ihren Weg bahnten, rufend, schreiend, wütend hupend, erschlagen und geschwärzt von einer glühenden Sonne.

Esha verließ den Supermarkt und nahm die Avenue. Sie kam an den öffentlichen Toiletten vorbei, vor denen Touristen Schlange standen, und fürchtete, dass ihr Blick zufällig durch eine halb geöffnete Tür auf die schmutzige Kloschüssel fallen könnte. Fliegende Händler boten ihr kleine Türme als Schlüsselanhänger an, bevor sie ihre Ware hinter den Büschen am Zaun des Friedhofs versteckten. Ein bärtiger Bettler ließ die Touristen nicht aus den Augen und ignorierte die Händler, während Kindermädchen von den Vulkaninseln auf der großen Wiese an der Seine Babys wiegten, die weiß wie Milch waren.

Schnell ging Esha an der Tankstelle vorbei, wo die Fahrer der Lieferwagen sich immer die Hälse verdrehten, bis sie sich an einer Wolke Abgase verschluckten. Sie ließ ein Motorrad vorbei und beschleunigte den Schritt, um einen Bogen um das Steuerbüro zu machen, vor dem ein gutes Dutzend Männer auf dem Gehsteig wartete. Es war schon zu spät. Sie hatten sie schon von Weitem gesehen. Esha bog ab, überquerte die Straße an einer Stelle ohne Ampeln, aber einer der Männer, dick und gemütlich, mit großen Kuhaugen, folgte ihr. Er überquerte hinter ihr die Straße, warf ihr Blicke zu, zwinkerte, zog an seiner kleinen Zigarette, er folgte ihr, bis sie einen Laden betrat, in den sie gar nicht hatte gehen wollen.

Esha bedauerte, dass sie so unaufmerksam gewesen war, dass sie keine dunklen, unförmigen Kleider angezogen hatte, dass sie nicht wie ein Gespenst durch das Grau schlich, das über der Stadt lag. Ihr wurden ihre Beine in der schwarzen Strumpfhose und das

Klackern ihrer Absätze auf den Gehweg bewusst. Jeder Gesellschaft war durch ein stillschweigendes internationales Abkommen ein Bereich des weiblichen Körpers zugeteilt worden, das die Sünde symbolisierte: Beine, Arme, Bauchnabel, Brüste, Rücken, Haare, oder gleich der ganze Körper. Esha musste an die Aborigines denken, bei denen Frauen und Männer nackt waren und nur ihren Hals hinter Goldketten verbargen. Anderswo beutete man die Frauen aus wie Hühner oder Ziegen, man legte den Preis für frisches oder vertrocknetes Fleisch fest, man verwüstete sie wie Felder, auf denen man Feuer legte, bevor man die Flucht ergriff. Manche Männer liebten Frauen, wie sie die Erde liebten, in der Vorstellung, sie mit Wut und Gewalt formen zu können. Die modernen Stämme hatten vom Süden bis in den Norden des Planeten neue Farb- und Zeichencodes erfunden, lebendige Farben wurden zum Zentrum der kalten, regnerischen Stadt hin immer dunkler, heimlicher, trauernder.

Esha erschauderte. Sie ahnte, dass ihr eines Tages etwas zustoßen würde und dass es nicht genügen würde, bei Rot über die Straße zu gehen, um zu entkommen. Sicher verströmte sie einen Geruch, eine Art Furcht und Ekel, eine Einsamkeit oder auch bloß eine seltsame Energie, vor Freude, Stolz, Arroganz, die die Männer und Frauen reizte und sie trieb, ihr eine Lektion zu erteilen. Esha hatte den Eindruck, aus Glas zu sein, aus Plastik, aus Wasser, durchsichtig und ohne Organe zu sein und nur aus riesigen Lippen zu bestehen, wie eine rote, in ein Parfümfläschchen gesperrte Blüte.

Je mehr sie mit dem Bösen rechnete, desto stärker wurde ihr Gefühl, es in sich zu tragen, als ob sie das schmutzige, schmierige Begehren all dieser Männer in sich tragen würde, ihre sabbernden Blicke, ihren gelben, klebrigen Geruch, ihren feuchten Atem. Je mehr sie diese Männer fürchtete, desto näher kam sie ihnen. Ein Band knüpfte sich, ohne Worte, ohne Gesten, ein Band aus Angst. Sie war nicht mehr allein, sie lebte mit Hunderten Leben, Stimmen, Begehren, die in ihre Intimität drangen. Zwischen ihr und diesen Männern, zwischen ihr und der Welt gab es keine Grenze, keinen Zaun, keine Wand, keine Mauer mehr.

Esha ging weiter, vorbei an den Geschäften, Supermärkten, ohne hineinzugehen. Die Wachmänner bemerkten sie sofort, manchmal lösten sie den Alarm aus, wenn sie den Laden verließ, durchsuchten alle ihre Taschen, musterten sie, zwinkerten ihren Kollegen zu. »Woher kommen Sie? Sprechen? Sprechen französisch? Verstehen?« Die Verkäuferinnen mit den langen schwarzen Haaren, dicht und gelockt, diese entfernten Cousinen auf der anderen Seite der Rolltreppe, die mechanisch die Waren in Plastiktüten verpackten, Codes, Zahlen, eine Summe eintippten, bis ihre Nägel splitterten, sie »Königin« nannten, lästerten und kritisierten, wie viel sie ausgab, weil sie etwas ausgab, weil sie nicht auf ihrer Seite war, hinter der Kasse, um zu lächeln und die Weißen zu bedienen, die sich für den guten Service und ihre Liebenswürdigkeit bedankten. Sie ging schneller. Sie erinnerte sich, was sie letztes Jahr bei einem Besuch auf der Buchmesse erlebt hatte, wo sie unbedingt ein paar

Romane kaufen wollte, die gut besprochen worden waren, und insgeheim gehofft hatte, Julien zu treffen, der dort sein letztes Buch signieren sollte. Als sie am Eingang ihre Einladung vorgezeigt hatte, hatte der Wachmann sie verblüfft gemustert. Ihm war die Kinnlade heruntergeklappt, er hatte sich in seinen rasierten Stiernacken gefasst. Dann hatte er das Gesicht verzogen, ohne etwas zu sagen, ohne ihr einen guten Tag zu wünschen, zwischen Verachtung und Amüsiertheit schwankend, und mit dem Finger auf die nächste Tür gezeigt.

Esha hatte verstanden, dass die Ordnung des Arbeitsmarkts keine Abweichung von der Norm zuließ. Klempner, Wachleute, Köche, Kassiererinnen, Prostituierte, Kindermädchen, Gastwirte, Gemüsehändler, Müllmänner kamen alle aus einem vorgegebenen Land, jedes Land der Welt schien, einer geheimen Übereinkunft folgend, diese oder jene Arbeitskraft zu liefern, und es kam nicht in Frage, diese Ordnung durcheinanderzubringen.

Letztendlich ging Esha zum größten Supermarkt des Viertels. Die Lebensmittel waren teuer, die Verkäuferinnen zuvorkommend und diskret. Esha wandte sich an die Angestellten, die ihr am liebsten waren, an den alten Mann mit den weißen, lockigen Haaren, der ihr Gemüse abwog und ihr die Plastikbeutel reichte; an die junge schwarze Frau, die ihr, während sie den Fisch ausnahm und schuppte, eines Tages anvertraut hatte, dass sie einen Master in Kommunikationswissenschaften hatte, aber nie zu einem Vorstellungsgespräch eingeladen worden war, obwohl sie ihren

Lebenslauf hunderte Male verschickt hatte, dass sie darüber nachdachte, den Namen ihres Freundes anzunehmen, einen christlichen Namen, der sich gut machte; dann an die Kassiererin mit den glatten schwarzen Haaren, den schmalen Augen, der heiseren, rauen Stimme, dem knallgrünen Lidstrich, die alle Frauen »meine Schöne« nannte und Esha an die Filme von Fellini erinnerte, mit ihrer schwermütigen, traurigen, geheimnisvollen Schönheit.

In ihrem Land war sie es gewohnt, den Löchern im holprigen Asphalt auszuweichen, den Kreuzungen ohne Ampeln, der Ecke am Markt, wo die Händler abends mit den Prostituierten um Zigaretten und Alkohol feilschten. Hier hatten zehn Jahre genügt, um die Wörter »Schlampe, Nutte, Hure« in allen Sprachen der Welt zu kennen. Die Zungen hatten sich gelöst, und ein Wörterregen ging auf die Stadt nieder, durchlöcherte und spaltete sie. Es gab keine Scham mehr, das Leben war zweigeteilt, die Mama saß zu Hause und die Huren waren überall. Die Arbeiter hatten die Grenzen überquert, hatten sich über die Stadt verteilt und ausgebreitet, wie unzählige Schnecken, die ihre Geschichte auf dem Rücken mitschleppten, ihre Religionen, ihre Kulte und Riten, die Trachten ihrer Dörfer und die Erinnerungen ihrer verlassenen Länder. Die Schleimspur, die sie hinterließen, war ihre einzige Forderung.

Auf dem Nachhauseweg nahm Esha die kleinen, kurvigen Parallelsträßchen, abseits der Avenue, vorbei an ehrwürdig schweigenden, schattigen Gebäuden.

»Aber warum kommst du nicht zurück, wenn das Leben dort so kompliziert ist?« Ihre Mutter machte sich Sorgen um sie. Eshas Vater war gestorben, als sie fast noch ein Kind war, und ihre Mutter hatte nur noch sie. »Die Zeit vergeht, und bald, in zehn Jahren, wenn du alt bist, hast du es hier besser, in deinem Land.«

Esha legte das Telefon auf den Beistelltisch, schaltete die Freisprechfunktion aus, weil sie die Stimme ihrer Mutter trotzdem hören konnte. Sie hatte sich dem Land, der Sprache, der Milch verweigert, allem, was von ihrer Mutter kam, und konnte wohl kaum diese letzte Verbindung kappen, diese fiebrige, zahnlose Stimme, die von weit her zu ihr kam, sie wünschte sich, dass sie alt wurde, diese Stimme, die hoffte, dass sie zusammen alt würden, Mutter und Tochter, dass sie die Jahre zwischen ihnen auslöschten, dass sie den Rest vergaß, ihre Arbeit, ihre Freunde, ihre Leidenschaft, die Möglichkeit einer Liebe, ihr ganzes Leben, dass sie auf ihr neues Leben verzichtete, auf ihr neues Land, diese Mutter, die sie ständig daran erinnerte, wie sie als Kind gewesen war, ein winziges, stolperndes Leben, das in ihren Händen lag, diese Mutter, die den Gedanken an ein anderes Mutterland energisch von sich wies, Esha konnte ihre Stimme nicht zum Schweigen bringen, sie nickte, biss sich auf die Lippen, um nicht zu schreien.

Ihre Mutter setzte stöhnend die Liste ihrer Argumente fort. Esha streifte durch die Wohnung, das Telefon wieder in der Hand. Von ihrer Küche konnte sie den Friedhof sehen.

Sie knirschte mit den Zähnen und sagte ihrer Mutter schließlich mit eisiger Stimme, dass sie nicht zurückkehren konnte, weil ihr die Männer in Kalkutta nicht genügten. »Es ist eine Art, die Dinge zu genießen, Maa ...«

»Welche Dinge?«

Ihre Mutter wollte nicht hören, was sie zu hören fürchtete.

»Die Liebe natürlich.« Esha sprach die Worte aus, die ihrer Mutter in den Ohren schmerzten, sie erschütterten und zur Verzweiflung brachten, weil es ihre feminine Seite war, die ihre Mutter am meisten fürchtete, ihr Leben als Frau, die vermutete Anwesenheit von Männern in ihrem Leben, ihr Verhalten und ihre Worte, ihre Schönheit und ihre Leidenschaft. Von einer Affäre zur nächsten, von einem Jahr zum nächsten, hatten sie sie von ihrer Mutter entfernt, von ihrem vorherigen Leben, von ihrem Geburtsland, wo die Frauen nicht Liebe machen, sondern Kinder kriegen. Esha liebte die Männer, um sich an ihrer Mutter und der erstickenden Zuneigung zu rächen, um sie zu besiegen und zu überzeugen, Esha sprach gerne über die Liebe, als würde sie eine Fahne schwenken, eine Standarte, ihr nackter Körper war eine Nachricht, ein *Fuck* an ihre Mutter und das Ende der Waffenruhe.

Sterne in allen Farben

Der Andrang vom späten Nachmittag war langsam
verebbt, die Menge in der großen Halle lichtete sich.
Die paar Leute, die noch durch das Museum für zeit-
genössische Kunst schlenderten, musterten Esha, als
habe sie sich in den falschen Traum geschlichen.
DiCaprio war nicht da, um sie zu retten, sie hinter
sich herzuziehen, ihr gegen die Brust zu schlagen, um
sie zu wecken.

Die Ausstellung überraschte sie mit ihrem schein-
baren Minimalismus, der Saal schien ihr leer und
weiß, die Objekte durchsichtig. Man musste näher
herangehen, um die Meisterwerke zu entdecken, die
mit unglaublicher Kunstfertigkeit in den Ruß an der
Innenseite von Stielgläsern und Vitrinen graviert waren. Ein vergängliches Miniaturmuseum. Zwischen
zwei Vitrinen hing eine Zwangsjacke aus Bienenflü-
geln, ein Panzer aus Kristall. Der Künstler hatte das
Machtverhältnis zwischen Material und Gebrauch,
zwischen Zerbrechlichkeit und Stärke umkehren wollen. In der Mitte des Saals lagen Gläser auf einem Haufen, zerbrochen und geschwärzt, manche unbeschä-
digt, noch sauber, glänzend im Licht. *Und als mein
Glas zerbrach es wie Gelächter klang* – wie selbstverständlich kamen ihr die Worte in den Kopf. Esha irrte weiter zwischen den im Raum verteilten Kunstwer-
ken umher, aber kein anderes weckte ihr Interesse,

immer wieder zog es sie zum Scherbenhaufen auf dem Boden zurück, sie sah darin einen von einer Granate getroffenen Kopf, ein weißes Stirnband, eine blutrote Blüte.

Als sie den Saal verlassen wollte, rief jemand nach ihr. Einer der Wachmänner kam auf sie zu. »Wie geht's dir?« Esha verstand nicht, warum der Wachmann sie duzte. »Erkennst du mich nicht?« Der Mann war groß, schlank, sein Gesicht und seine schwarzen Arme standen im Kontrast zu seinem weißen Uniformhemd. »Wir haben zusammen gearbeitet. Erinnerst du dich? Im Büro?« Esha lächelte ihn an. Er sagte ihr zwei, drei Nettigkeiten, fragte sie, ob sie keine Visitenkarte hatte. Esha traute sich nicht, ihn zu fragen, wie und warum er hier gelandet war, als Security, wo er doch damals denselben Job wie sie gemacht hatte. Damals, vor zwei oder drei Jahren, war er ein echter *Sapeur* gewesen, elegant und dandyhaft, er überraschte seine Kollegen mit seinen Hemden, Jacketts, Krawatten, Hüten, seinen klaren, fröhlichen, mitreißenden Farben.

Esha verabschiedete sich, als er sich zum Gehen wandte, weil sein Chef rief und das Kommen und Gehen der letzten Besucher überwacht werden musste. Die Silhouette in schwarz-weiß schien ihr so armselig, so unbedeutend, nicht wiederzuerkennen, in der Gruppe der Wachmänner untergegangen, dass es ihr schwerfiel, in ihm den Mann zu sehen, den sie gekannt hatte. Es war, als hätte die Stadt ihn beraubt, erledigt, zermalmt, zu einem abgewrackten Automaten gemacht, der erledigte, was nötig war, den niemand bemerkte, außer wenn er seiner Pflicht nicht nachkam.

Bevor sie nach Hause ging, setzte sie sich im Schein der Straßenlaternen auf die verglaste Terrasse ihres Lieblingscafés, bestellte eine Wiener Melange und vertiefte sich in das Buch, das sie zur Zeit las. Zwei füllige Frauen nahmen neben ihr Platz. Ihre dunklen Kleider mit den quadratischen Ausschnitten, die ihre goldene Haut sehen ließen, waren fast identisch, ebenso wie ihr geglättetes Haar, das sich am Ansatz kräuselte. Die beiden Frauen sprachen energisch, obwohl Esha nicht versuchte, ihnen zuzuhören, wehte der Abendwind Fetzen ihres Gesprächs zu ihr herüber. Eine pries die Macht Gottes, des Einzigen, des Allmächtigen. Sie sprachen über Krankheit, Unglück, die Gründe für ihren Religionsübertritt. Sie waren nicht einer Meinung, aber sie waren einander ergeben. In diesem Augenblick bemerkte Esha ihre rechten Tischnachbarn. Zwei Männer um die vierzig plauderten, zwischen ihren Gläsern mit Tee mit Minze lag ein sorgfältig in Leder gebundenes Buch mit einem Titel in goldenen Lettern. Das Buch wurde offensichtlich von rechts nach links gelesen, von hinten nach vorne, oder aber die Vorstellung vom Anfang änderte sich von einer Kultur zur anderen. Der Mann, der ihr näher saß, hatte behaarte Arme. Der andere hatte eine leichte Glatze. Auch sie redeten über Gott. Sie wirkten ruhig, überlegt, als verspürten sie keinerlei Notwendigkeit, einander zu überzeugen, friedlich fügten sie einen Stein zum anderen, um einen ohnehin schon monumentalen Bau noch zu verschönern.

Als kleines Mädchen hatte Esha ihre Freunde angestiftet, die Münzen zu klauen, die den Göttern geopfert worden waren, um Bonbons und andere Süßigkeiten zu kaufen. Natürlich erkannte der Lebensmittelhändler diese von *Sindur* und Blütenstaub fleckigen, nach Räucherstäbchen duftenden Münzen sofort, und nach einer Weile hatte er genug davon, sich an den um ihren rechtmäßigen Anteil gebrachten Gottheiten zu bereichern, und hatte ihre Familien verständigt. Esha war den Prügeln entkommen, dank ihres Vaters, der laut gelacht und ihr das erste Taschengeld gezahlt hatte, bevor er seinen marxistischen Freunden stolz von dem Vorfall erzählt hatte.

Bruchstücke einer anderen Landschaft bevölkerten ihren Kopf, erfüllten sie mit einer Zärtlichkeit, die der Trauer ähnelte. Als sie klein war, war sie mit ihrem Vater und ihrer Mutter jedes Jahr durch Indien gereist. Sobald sie die Grenze von Bengalen überquerten, wurde die Erde staubig, immer röter, der Wind immer trockener, die Sprache rauer und trockener, die Bäume mussten kämpfen, jeden Tropfen Wasser aufsaugen, um zu überleben, ein einsamer Brunnen tauchte in einer leeren Ebene auf, ein Bach stürzte die Hänge hinab, eine neue Sprache formte sich im Rhythmus des Zuges, zog sich über Kilometer, die Frauen zupften die Falten ihrer Saris zurecht, die Männer ihre Turbane, das Brot schmeckte anders, dann zeichneten sich andere Linien, andere Felder ab, am Ufer des Ganges, auf den vielen Stufen, die zum Wasser hinunterführten, die Tauben flogen auf, aufgeschreckt von den Pilgern, die Ikonen der Götter und Göttinnen in den Tempeln hatten andere Gesichtszüge und andere Umrisse, die rote Festung tauchte im Westen auf, Märkte umgaben die Moscheen, aus deren Gassen der Geruch von Gewürzen aufstieg, langsame, schlangenartige Flüsse strömten nach Süden, umarmten Bäume und verschwanden im blauen Wald, während die Fischer in ihren Barken sangen. Esha erinnerte sich nicht, wie sie sich über die Grenzen der Bundesstaaten hinaus verständigt hatten, die Wörter ähnelten einander, zerstreuten und sammelten sich wieder. Vom Norden bis in den Süden, vom Osten bis in den Westen dieses fernen Landes, riesig und komplex mit seinen verschiedenen Völkern, seinen unzähligen Sprachen und Riten, Farben und Aromen stieg eine fröhliche Kakophonie auf, deren Rhythmus Eshas Schritt beschwingte, als sie das Café verließ, und in ihrem Kopf hallte der ohrenbetäubende Lärm nach.

Die milchige Morgendämmerung

Der Abgeordnete bestellte Mina nicht mehr ein, und auch keinen anderen Anführer der Bewegung. Die Zeit der Gespräche bei einer Tasse Tee war vorbei. Die Bauern hatten sich entschlossen gegen den Industrialisierungsplan der Regierung gestellt, die sie dreißig Jahre vorher mit ihren Stimmen an die Macht gebracht hatten und die ihre Rechte gegen die tyrannische Feudalherrschaft der großen Landbesitzer durchgesetzt hatte. Von nun an wurden sie in ihren Aktionen gegen die neuen Windmühlen von maoistischen Aufrührern unterstützt und bewaffnet. Als sich Gerüchte verbreiteten, dass die Regierung die Polizei schicken würde, um ihre Barrikaden zu durchbrechen, begannen die Bauern, die Erde um ihre Stützpunkte umzugraben, um Erdrutsche zu verursachen, die Zugänge zum Schlachtfeld zu kappen, es abzuschotten und alle zurückzuschlagen, die dorthin vordringen wollten.

Mina ging weiter hin, gesellte sich zu ihren Nachbarn, Väter und Söhne, redete mit den Frauen, Mütter und Ehefrauen, die allesamt mit Handsicheln, Bambusstangen und Stöcken bewaffnet auf dem neu entstandenen Inselchen ausharrten, wo der Lehmgeruch bald von dem nach Pulver überdeckt würde, wo junge Ganoven aus selbstgebauten Karabinern schießen, Polizisten ums Leben bringen und das eigene verlieren würden.

Sam war verschwunden. Er meldete sich nicht mehr bei ihr. Mina konnte ihn nicht mehr in Kalkutta besuchen, sie fühlte sich auf der Insel gefangen, umgeben von Gräben und bewaffneten, blutleeren Kämpfern, die mit ihren mageren, knochigen Armen gerade mal ihre Karabiner halten konnten. Eines Tages, als sie auf dem Weg zurück ins Dorf war, hielten zwei Männer sie an, musterten sie, zuerst ihr Gesicht, dann ihren Bauch. Mina schlug ihr Schultertuch um sich, grüßte sie mit einem Kopfnicken. »Ist das nicht zu schwer für dich? Wir können dafür sorgen, dass du es los wirst!«

»Wie bitte?«

Mina bekam Angst. Niemand wusste, dass sie schwanger war, bis auf Sam, der ihr versprochen hatte, alles zu tun, um ihre Hochzeit in die Wege zu leiten, ohne ihre Schwangerschaft zu erwähnen, weil es eine Katastrophe wäre, wenn es bekannt würde, das wussten sie beide, nicht nur, dass an eine Heirat dann nicht mehr zu denken war, vielmehr wären Mina und ihre Familie der Wut von Sams Eltern ausgeliefert, von Sams Großvater, der noch am Leben war und von seinem Liegestuhl aus Befehle erteilte, jedes Korn kontrollierte, das in den Getreidespeicher kam, man sagte, dass sogar die Kühe ihn fürchteten, wenn sie beim Melken den Eimer nicht voll bekamen.

Wortlos warfen sich die Männer Blicke zu und brachen in Gelächter aus. Der Wortführer sprach weiter: »Hör gut zu! Spitz die Ohren! Du hast es zu weit getrieben. Jeder andere hätte dich lebendig begraben, mit der Sünde, die du in dir trägst. Oder dein Haus in Brand gesetzt. Deine Fratze verbrannt, die du in aller Öffentlichkeit zur Schau trägst.«

Mina wich zurück, drehte auf dem Absatz um und rannte los. Sie spürte ihre Blicke im Nacken, ein Brennen breitete sich über ihren ganzen Körper aus, in ihrem Bauch, ihr schien es, als würde er in Flammen stehen. Zu Hause brach sie auf ihrem Bett neben der Küche zusammen. Dann bemerkte sie ihre Mutter, die auf dem Boden saß, in ihrem Blick Verachtung, Angst und Ekel. Erschreckt sprang sie wieder auf, wollte zu ihr gehen, aber die Mutter verließ das Zimmer, ging in den Nebenraum und warf die Tür hinter sich zu. Es kam zu einem heftigen Streit zwischen ihren Eltern. Dann ging die Tür wieder auf, ihr Vater kam heraus. Er wirkte sehr klein, gebeugt, plötzlich gealtert, er hielt den Kopf gesenkt und wich dem Blick seiner Tochter aus, schwieg, bis er nach einigen Minuten flüsterte: »Verzeih mir, meine Kleine, aber du musst unser Haus verlassen. Du musst uns verstehen, wir haben keine andere Wahl, uns sind die Hände gebunden, wenn du bleibst, verstoßen sie uns alle, dein Bruder kann dann nicht mehr für diese Leute arbeiten, wir können nicht mehr auf die Straße gehen.« Ihr Vater schwieg einen Augenblick und fuhr dann fort: »Er wird dich nicht heiraten, er hätte dich nie geheiratet, er hat mit deinem Bruder kein Wort gewechselt, wenn ich ihn zum Laden geschickt habe.«

Mina war wie betäubt. Sie hatte nicht gewusst, dass so viele Leute davon wussten, dass sie sich besprochen und Dinge in die Wege geleitet hatten, ohne dass sie es bemerkt hatte. Sie hatte gedacht, den Widerstand und Sam nach ihren Vorstellungen zu lenken, und war in Wahrheit allein, gefangen.

Zwei Tage später, kurz vor den Zusammenstößen zwischen Bauern und Ordnungskräften, ging Mina in der Morgendämmerung zum Großen Weiher, um wie jeden Tag ein Bad zu nehmen. Als sie kurz im Wasser gewesen war und wieder ans Ufer kam, bemerkte sie ihn. Da saß ein Mann, aufgetaucht aus der Dunkelheit. Zuerst starrte er sie an, dann verzog er den Mund zu einem Grinsen, seine weißen Zähne hoben sich glänzend von seiner schwarzen Haut ab, er sagte nichts. Die Bäume und Büsche bewegten sich nicht, das milchige Licht sickerte ohne Eile in den Nebel. Hinter den Bäumen tauchten weitere Männer auf, immer mehr Männer. Mina schrie auf. Bevor sie den Mund schließen konnte, tauchten die Männer sie ins Wasser.

Das Luftschloss

Ihre Kindheitsfreunde schickten ihr Dutzende Mails und Fotos. Die linke Regierung von Westbengalen war gestürzt worden, die Partei, die ihr seit ihrer Geburt ein Zuhause gegeben hatte, ihre gesamte Kindheit und Jugend hindurch, war entwurzelt worden, Unruhen brachen aus, die Landschaft fing Feuer.

Als Esha beschloss, eine Nachricht in den sozialen Netzwerken zu posten, sah sie, dass die Startseite von Nachrichten und Bildern überflutet war. Sie wunderte sich, dass das dramatische Schicksal eines indischen Bundesstaats so viele Reaktionen hervorrief, bevor sie verstand, dass die Ausschreitungen hier stattgefunden hatten. Eine verbotene pro-palästinensische Kundgebung war aus dem Ruder gelaufen. Am Ende der kurzen Demonstration waren die Aktivisten in die Stadt geströmt und hatten, als die Polizei sich ihnen entgegengestellt hatte, Mülleimer umgeworfen, Böller und bengalisches Feuer gezündet. Sie hatten Autos in Brand gesetzt, Geschäfte geplündert, Telefonhäuschen und anderes öffentliches Eigentum zerstört. Im beißenden, grauen Gestank von Rauch und Feuer hatten sie mit Gasflaschen geworfen und antisemitische Drohungen gebrüllt. Die Synagoge in der Nähe hatte sich verbarrikadiert. Vor ihrem Eingang standen Jugendliche mit Schlagstöcken und Eisenstangen, bereit zum Gegenangriff.

Der Krieg war nicht mehr anderswo, weit weg, auf dem Streifen Land am Meer. Der Krieg, das waren nicht mehr die Bilder, die auf dem Bildschirm und im virtuellen Raum vorbeitrieben. Er war hier und jetzt, ein paar Metrostationen entfernt.

Einige Wochen zuvor waren an verschiedenen Stellen im Land jüdische Friedhöfe geschändet worden. Platten aus Stein und Beton waren umgeworfen worden und hatten klaffende Löcher hinterlassen. Wer waren diese Leute, die ihre Hand in die schwarze Erde wühlen, die Larven streicheln, die Toten wecken wollten? Wer waren diese Leute, die nicht den Mut hatten, den Lebenden ihr Gesicht zu zeigen, und die Toten angriffen? Waren sie selbst nicht mehr am Leben? Streiften Halbtote, Ausgestoßene, Gespenster um die Stadt, in der verzweifelten Hoffnung auf Leben?

Esha schaltete schnell den Fernseher ein und hing wie gebannt vor dem Bildschirm. Als habe sie Angst, den Fernseher auszuschalten, als sei die Quelle der Stimmen und Lichter, des Lebens, die einzige Möglichkeit, nicht alleine zu sein, mit der Welt in Verbindung zu stehen, als sei sie in ihrer Wohnung, in ihrem Viertel unter dem Lichtturm nicht mehr in Sicherheit. Zum ersten Mal seit ihrer Ankunft in Europa, in diesem Land, wo die Armee, die Polizei, die Geheimdienste zusammen die Schlagkraft eines der fünf mächtigsten Länder der Erde sicherten, schien es ihr, als sei sie den unterirdischen Schichten der Gewalt nicht entkommen, als könne nun überall auf der Welt der Boden aufreißen und einstürzen.

Aus dem Himmel aus geronnener Milch sickerte eine vage Vorstellung von Licht, hinter den nackten, stachligen Ästen der Bäume, auf der Straße, rannten die Beamten der Gendarmerie nationale, im Licht der Straßenlaternen erinnerten sie an mittelalterliche Soldaten mit Helmen und Kettenhemden, es war noch dunkel. Esha kniete vorm Fernseher wie vor einem Altar. Als ob sich die Dinge kraft ihres Willens verändern würden, die Unruhen aufhören, gelöscht und vergessen würden, als habe es sie nie gegeben.

Die Aufstände im Namen der Religion auf europäischem Boden erschreckten Esha nicht nur wegen ihrer Gewalt, sondern auch, weil sie gedacht hatte, einen Subkontinent hinter sich gelassen zu haben, der von ethnischen Konflikten, in Brand gesetzten Zügen, lebendig ins Feuer geworfenen Körpern, hysterischen, mit Heugabeln und Schwertern, Fahnen und safrangelben Stirnbändern demonstrierenden Massen verwüstet wurde.

Nun lebte sie im Land der Auserwählten, der Erleuchteten und Wohlhabenden. Sie hätte nicht geglaubt, dass es auch hier ein Tabu darstellte, atheistisch zu sein, dass das Abfallen vom Glauben dem Unglauben Platz gemacht hatte, der nichts als eine passive, unterwürfige Reaktion, eine Enttäuschung, eine Verzweiflung, eine Leere war. Sie hätte nicht gedacht, dass es in diesem Land noch so viele gab, die an einen Bärtigen, zwei, drei Bärtige über den Wolken glaubten, seinen Sohn, die Mutter und die Hure, die tausendzweihundert Jungfrauen, eine ganze Clique, und dass sie bald die Macht des Allmächtigen wieder herstellen würden, dass sie im Namen seiner Gnade und seines Großmuts ein Blutbad provozieren würden.

Vor ihren Augen erschien eine kleine, einstöckige Moschee mit weißen Mauern und einem Ziegeldach, am Ufer eines Sees, am Rand der Straße, auf der sie nach der Schule mit ihrer Kinderfreundin Fahrrad fahren ging und die Vorstadt von Kalkutta durchquerte. Dort standen auch zwei einander zugeneigte Palmen, ihre Freundin und sie setzten sich jeweils auf eine, über Stunden verharrten sie reglos, während in der Moschee das Abendgebet anhob, sie konnten nicht hineingehen, das wollten sie auch gar nicht, die raue, melodische Stimme füllte den Himmel, überquerte den See, überquerte die Reisfelder, verschwand mit dem letzten Leuchten der Abenddämmerung.

Ihre indischen Freunde verfolgten die Ereignisse wie ein Fußballspiel, entspannt, mit einer Flasche Bier, um zu sehen, wer gewinnen würde und um welchen Preis; sie kommentierten die Naivität und die Ungeschicklichkeit der einen, ihre ungerechte und selbstmörderische militärische Intervention in Ländern im Krieg, sie kommentierten die Kühnheit der Gesetzlosen. Esha wunderte sich über ihre Gelassenheit, ihre erschreckende Gleichgültigkeit, sie lebten seit zehn, fünfzehn, zwanzig Jahren in Frankreich, aber sie hatten keine Wurzeln geschlagen, sie schwebten in der Luft, zwischen zwei Ländern, zwischen zwei Kontinenten, sie hatten sich ein Leben aufgebaut, ihre Häuser mit Möbeln, Autos, Kindern, Hunden ausgestattet, hatten mit Krediten und Guthaben jongliert, in einer parallelen, geheimen, unterirdischen Welt, gleichgültig gegenüber dem hiesigen Glück und Unglück, aber ihre Gleichgültigkeit war nicht edel, nicht asketisch, es schien ihr, als legten sie es nur darauf an, sich in den Ritzen der Stadt zu verkriechen, in den Untiefen der Zeit und sich durchzuschlagen, wie Kakerlaken.

Es war in einem dieser verzweifelten Momente, als Esha die Nachricht erhielt. Eine Vergangenheit, von der sie dachte, dass sie längst versteinert war, bekam Risse und ein Wort drang an die Oberfläche. Sie erinnerte sich an die Zeit, als die Liebe wie in *Ich und meine Liebe* von Arnaud Desplechin gewesen war, sie erinnerte sich an ihren Mathieu Amalric, einen brillanten Tyrann, der beim *Fliegenden Holländer* von Wagner weinte. Julien wollte wissen, wie es ihr ging, ob sie durchhielt, und schlug ein Wiedersehen vor, aber Esha hatte nicht mehr die Energie von damals, um wie Emmanuelle Devos vom Lachen zum Weinen und zurück zu wechseln. Hin- und hergerissen zwischen Ungläubigkeit und Hoffnung, antwortete sie ihm trotzdem, und inspizierte das erste Mal seit den Unruhen ihre Garderobe, ihre Kleider in Schwarz, Rot, Rosa, Gelb, keins taugte in ihren Augen, nichts war gut genug für ihn ... und entschied, einkaufen zu gehen, sobald sich die Lage beruhigt hätte. In der Nacht flüsterte sie seinen Namen, sie hatte vergessen, wie schön es war, ihn auszusprechen, wenn die Zunge auf halbem Weg zwischen Zähnen und Gaumen verharrte und der Vokal sich ausdehnte. Sie hatte sich in Julien verliebt, als sie ihn das erste Mal gesehen hatte, vor sieben Jahren, am Tag, als sie beim Verlassen des Universitätsgebäudes, beim Umrunden des Brunnens, einer Pfütze ausgewichen war und sich, an den Touristen und Studenten vorbei, einer über ein Buch gebeugten Gestalt genähert hatte. Schon da hatte sie sich selbst verloren, war bereit, in ihm aufzugehen. Ihre ganze Liebe für ihn war mit einem Mal in ihr aufgestiegen, und sie war hypnotisiert gewesen, bis er sie verließ.

Aber es war nicht Julien, nicht nur er, es war eine Vorstellung von Julien, die sie mitgerissen hatte, halb verdurstet und verwirrt, über all die Jahre. Wie wenn man sich eine Vorstellung von einem Land macht. Ein gewählter Ausschnitt, persönliche Postkarten, aus einem Buch gerissene Seiten, ein Platz, eine Brücke, drei Nachmittage, Fassaden und Balkone, Kübel mit fuchsienroten Blumen, Tischdecken mit kleinen roten und weißen Karos, die Sonne, die sich in einer Weinflasche, auf der Haut spiegelt, die Augen grün, blau, durchsichtig macht, alles nimmt Form an, zeichnet die Karte eines Traumlands, das sich vom Boden löst, immer größer und großartiger wird, davonschwebt wie ein Luftschloss.

Das Sandbett

Auf dem Gehsteig vor ihrem Haus war das übliche Grüppchen aus jungen Praktikanten der Postproduktionsfirma ins Gespräch vertieft. Fünf oder sechs Jungen und Mädchen standen vor dem großen Schaufenster ihres Büros, in ihrem »Rauchsalon«. Als sie an ihnen vorbeiging, quiekten sie wie Schweine.

Esha zuckte zusammen und drehte sich um, außer der kleinen Gruppe war niemand auf der Straße, sie wirkten gelassen und sprachen ruhig miteinander. Die Luft bewegte sich nicht, die Blätter an den Bäumen hielten den Atem an, keine Fliege summte. Esha betrachtete die Jugendlichen zwischen zwanzig und fünfundzwanzig, sie waren schön und stolz wie Prinzen, die Sonne hatte ihrer Blässe nichts anhaben können, auch wenn sie regelmäßig aus ihren klimatisierten Räumen kamen, um das schöne Wetter zu genießen.

Dieses weiße Pack, diese kleinen zarten, blassen Dinger, diese Mädchen und Jungen rauchten einträchtig und anmutig ihre Zigaretten auf dem Gehsteig, redeten über Kinofilme, das Tagesgeschehen und ihre Zukunft, und wenn ihr Blick auf die einzige Passantin mit dunkler Haut fiel, versuchten sie verschreckt, das Rätsel dieser Anmaßung zu lösen. Zu erraten, wohin sie ging, woher sie kam, was sie im Leben so trieb, die Mädchen legten den Kopf schief, die Augen halb geschlossen und die Augenbrauen hochgezogen, fragten ihre Kollegen, ob sie sie schön fanden, worauf die ihnen schnell versicherten, dass sie zu schwarz sei, als dass sie sich diese Frage stellten. Flüsternd lästerten sie und machten obszöne Bemerkungen, als Esha sich umdrehte, schauten sie weg, manche konnten sich nicht zurückhalten und kicherten, die anderen beruhigten sie und alle zusammen taten sie, als seien sie taub und blind und völlig in ihr Gespräch vertieft, und sobald Esha weiterging, gaben sie wieder flüsternd ihre Kommentare ab.

Dieses Land war zu einem riesigen Laboratorium geworden, in dem jeder Mensch eine Testperson in einer anthropologischen Studie war und einer ständigen Kontrolle seiner Größe und seiner Farbe, der Form seiner Nase und seiner Nasenlöcher, seiner Pupillen und seiner Haarwurzeln, seiner Hüften und seiner Fußsohlen unterzogen und in aller Öffentlichkeit entkleidet wurde, um seinen Platz in der Gesellschaft zu bestimmen. Die Überlebensbedingungen hingen vom Melaningehalt der Haut ab. Die Welt war eine Pyramide, auf der man aus der Dunkelheit der unteren Etagen ins Licht aufstieg, ins Weiße, in die bessere Rasse.

Esha überquerte den Platz. Der Inhaber ihres Lieblingscafés begrüßte sie wie immer herzlich. Sie vergaß, ihm ein Handzeichen zu machen, um anzudeuten, dass sie nach ihrem Spaziergang durchs Viertel vorbeischauen würde. Sie fühlte sich wie gelähmt, lief kopflos die Straße hinunter, entsetzt von der Vorstellung, dass die Welt für so viele Menschen schwarzweiß war, dass man, wenn man schwarz war, automatisch auf der Seite der Schweine stand, mit ihnen im Matsch watete. Aber diese Leute vergaßen, dass derjenige, der grunzte, sich selbst zum Tier machte, dass er sich selbst für den Schweinestall bestimmte, den Matsch, den Fraß.

Ihr Weg führte sie zum Schönheitssalon, wie immer gut besucht. Die Kundinnen warteten im Empfangsbereich, blätterten in Magazinen, manche hielten die

Füße in kleine Wannen, die jungen Frauen des Salons pflegten ihre Nägel, lackierten sie, plauderten mit ihnen. Als sie in der Kabine lag, seufzte Esha, entspannte sich langsam in diesem rosa gepuderten Salon, wo es nach Lavendel duftete und im Hintergrund ein künstlicher Bach plätscherte. Die Chefin, der sie seit ihrer Ankunft im Viertel treu geblieben war, eine sanfte, zarte Frau, wie sie selten eine kennengelernt hatte, erschien, hauchte eine fast unhörbare Begrüßung und schwieg dann. Normalerweise redete sie, fragte Esha, was es Neues gab. Nach einer Weile entschied Esha, das Schweigen zu brechen. »Wie geht es Ihnen?« Die Frau zuckte mit den Schultern. »Wir werden ja nicht richtig informiert. Ich kann diese Geschichten nicht glauben! Wir werden belogen. Die Medien lügen. Unsere Kinder, unsere Söhne, die kennen wir, sie sind nicht so, das sind keine Mörder!« Ihr Flüstern wurde immer energischer, Eshas Gesicht wurde von kleinen Tröpfchen überzogen. Sie bedauerte, das Gespräch angefangen zu haben. Sie hatte nicht gedacht, dass irgendwer diesen Verdacht haben könnte, dass es Leute gab, die an derartige Verschwörungen glaubten. Sie sagte nichts, wagte nicht, sich zu bewegen, ihre Augenbrauen in den Händen der Frau, die sie mit einer Pinzette und warmem Wachs bearbeitete. Sie fühlte, wie die Luft auf ihrem Gesicht schwerer wurde, der kleine Salon verwandelte sich in einen Schuhkarton, in dem sie um Atem rang. Zum ersten Mal seit den Unruhen verspürte sie einen Verlust, das tiefe, unangenehme Bedauern, eine nahe, liebgewonnene Person zu verlieren.

Auf dem Heimweg fiel ihr auf, dass der koschere Laden ihres Viertels wieder geöffnet hatte. Kein Laut drang ins Freie, man hätte die Szene für einen Stummfilm halten können. Der Mann an der Kasse wäre sicher sehr schön gewesen, wäre da nicht seine ängstliche Anspannung gewesen. So blass wie sein Brot, mager, mit einem knochigen Gesicht, großen blauen Augen, auf die lange schwarze Wimpern ihren Schatten warfen, und blutroten Lippen strich er sich eine breite schwarze Strähne aus der Stirn und lächelte Esha verwundert an. Sie wusste nicht, was sie kaufen sollte, sie kannte diese Gerichte, diese Fleischsorten, diese keksartigen Brote nicht. Sie bat den jungen Mann um Rat, der ihr eine Auswahl an Fleisch, Weinblättern und Hummus zusammenstellte, die er mit einer Flasche Weißwein vervollständigte. Esha fügte eine Flasche Bier hinzu, deren Aufschrift sie nicht lesen konnte. Während sie zahlte, die Tüte mit ihren Einkäufen entgegennahm, ihn anlächelte, fühlte Esha sich glücklich, stolz sogar, sie hatte den Eindruck, etwas Gutes getan zu haben, eine gerechte Sache unterstützt zu haben, wie und weshalb, wusste sie nicht.

In der folgenden Zeit gewöhnte Esha sich an, immer ein paar Dinge in dem Laden zu kaufen. Die Verkäufer tuschelten untereinander, sie stießen einander an, zogen ihren jungen Kollegen auf, sagten, dass sie seinetwegen käme, was nicht ganz falsch war, sein schönes, ernstes Gesicht und sein zarter Körper rührten sie, bei ihm musste sie an das Tagebuch einer Dreizehnjährigen denken, an die Gesänge von

Versklavten, die ihre Empathie hervorriefen, ihr Mitgefühl, den Wunsch, eine Pflicht zu erfüllen, den Wunsch, den anderen zu retten, um sich selbst zu retten, sie hatte den Eindruck, sich auf die richtige Seite zu stellen, und trotzdem fühlte sie eine unerklärliche Traurigkeit, einen Drang, zu ertrinken, die Wirklichkeit nicht zu sehen, diese niedere, seltsame Welt zu verlassen, in die Tiefen hinabzutauchen, zum Sandbett, im freien Fall, ohne Widerstand, für immer dort zu bleiben.

Vom Winde verweht

Es war Abend. Sams gesamte Familie war auf dem Hof im Schein der Halogenlampen versammelt. Die Plätze in der Mitte waren für die betagteren Herren der Schöpfung reserviert, Sams Großvater hatte auf seinem Liegestuhl Platz genommen, Sam an seiner Seite, sein Vater und seine Onkel saßen auf Holzstühlen, dem Vater der künftigen Braut gegenüber, der es sich auf einem Sessel mit dicken Kissen bequem gemacht hatte. Hinter ihnen saßen, auf Hockern oder auf dem Boden, die Frauen, Mütter und Schwestern, Tanten und Cousinen. Ein paar allzu neugierige Freundinnen und Nachbarinnen hatten sich dazwischengemogelt und ließen es sich nicht nehmen, ihre Kommentare abzugeben oder im richtigen Augenblick zu kichern. Kinder waren bei der Versammlung offiziell nicht zugelassen, aber sie hingen am Geländer der Veranda, schielten auf die Leckereien und Süßigkeiten, die die zukünftige Schwiegerfamilie mitgebracht hatte, verjagten die Fliegen und kratzten sich ungeduldig an den Beinen.

»Wir schenken euch ein Fahrrad!«

Der Vater der Braut schien sehr zufrieden über seine eigene Großzügigkeit. Er strich sich über seinen hervorstehenden Bauch, über dem sich seine weiße Tunika spannte.

»Ich will kein Fahrrad! Ich will ein Motorrad.«

»Aber du bist doch nur ein Strich in der Landschaft! Ein Motorrad kannst du doch gar nicht halten.«

Sam senkte schmollend den Blick und bohrte die Zehen in die Erde auf dem Hof. Seine Schwester lachte lauthals, andere fielen mit ein. Sein Großvater betrachtete ihn schweigend.

»Gut, treffen wir uns in der Mitte. Du bekommst einen Roller«, sagte der schließlich.

»Der erste Windstoß weht dich um, mein Großer!«

Sams Vater stieß seinem Sohn den Ellenbogen in die Rippen, woraufhin dieser lächelte. Die junge Frau, der diese emotionale wie materielle Begeisterung galt, war nicht anwesend. Sie war zu Hause, mit den Frauen ihrer eigenen Familie, Mutter und Schwestern, Tanten, Freundinnen, Cousinen, Nachbarinnen, die ungeduldig auf den Ausgang der Verhandlungen warteten.

Nachdem sie sich auf die Geschenke von Kind zu Kind geeinigt und die Verlobung besiegelt hatten, wechselten die Männer zu ernsteren Themen. Sie besprachen die Aufteilung der Ländereien und Höfe, der

Einnahmen der jeweiligen Geschäfte, während die Frauen der beiden Familien über den Goldschmuck und die Haushaltswaren verhandelten.

Die Gespräche verstummten augenblicklich, als Sams künftiger Schwiegervater den Mord an der jungen Frau ansprach, der sich zwei Monate zuvor ereignet hatte, eine Cousine, deren Familie das Dorf Tajpur seitdem hatte verlassen müssen. Sams Eltern verstummten und wichen den Blicken aus. Ein Hauch von Scham vermischt mit Angst legte sich plötzlich über das fröhliche, von der Aussicht auf das Geld und die glückliche Verbindung entfachte Treiben. Der Vater der Braut musterte sie und schmunzelte in sich hinein. Er befand, dass der Moment günstig war, den Preis der Mitgift zu drücken, räusperte sich und nahm voller Elan die Verhandlungen wieder auf.

Anschließend begeisterten sich die Männer für die neue Regierung in den Farben des Trinamool, die den Bau der Automobilfabrik verhindert hatte. Dass die Baustelle bloß einige Kilometer weiter nach Norden verlegt worden war, zu anderen Bauern, störte sie nicht. Die rechte Partei hatte die Regierung dank der starken Proteste gegen die Industrialisierungspläne gestürzt. Zahlreiche berühmte indische Künstler und Schriftsteller hatten die Aktionen gegen die linke Regierung unterstützt. Als er an der Macht war, hatte der Trinamool die sensiblen Bereiche verschont und die Industriestandorte in Gebiete verlagert, wo die Felder weiter auseinanderlagen und die Bauern weniger zahlreich, schwächer und unorganisiert waren.

Endlich konnte Sam die Versammlung verlassen.

Seine Schwester zerzauste ihm die Haare. Sie war älter als er, und Sams Verlobung verhieß Gutes. Sie konnte hoffen, dass man in der allgemeinen Heiratseuphorie unter den jungen Männern der Schwiegerfamilie einen schönen Bräutigam für sie finden würde.

Sam ging zum Großen Weiher. Er warf einen Blick hinüber zu seinem Haus, setzte sich auf die letzte Stufe am Wasser und zündete sich eine Zigarette an. Nebel lag über dem Weiher, ein Halbmond ließ die Blätter der umliegenden Bäume glitzern, es schien, als verströmten sie ein milchiges Licht. Mit einem Stöckchen schrieb Sam seinen Namen in die feuchte Erde. Er zeichnete ein Herz und setzte an, den Namen seiner Verlobten danebenzuschreiben. Aber unvermittelt hielt er inne. Der Abendwind war plötzlich eisig, Sam wurde von einer Wolke aus feuchtem Nebel eingehüllt. Er warf seine Zigarette und das Stöckchen weg. Der Duft von Milch, Bonbons und Babypuder lag in der Luft. Er hätte nicht sagen können, ob er Angst hatte, ob er traurig war, aber seine Augen füllten sich mit Tränen, und er weinte lange, lautlos.

Blau wie eine Orange

In ihrer Mail lud Marie Esha für die nächste Woche zu einer Kundgebung auf der Place de la République ein.

Esha wusste, dass Marie nach einem überstürzten Aufbruch aus Kalkutta, dessen genaue Umstände rätselhaft blieben, seit einigen Wochen wieder in Paris war. Die Kundgebung richtete sich gegen die neue Zusammenarbeit zwischen dem indischen Staatschef und seinem französischen Kollegen. Hinduistischer Fundamentalist, Fanatiker, Verbrecher, Verursacher eines Genozids – die Nachricht war wie gewöhnlich gespickt von fett gedruckten Wörtern. Bündnisse zwischen den Ländern entstanden durch Handelsverträge, die diplomatischen und politischen Beziehungen standen zwischen den Zeilen.

Esha hatte sehr gelacht bei einer für ihren provokanten Humor bekannten Sendung, die die Seidenstrümpfe des indischen Staatschefs aufs Korn genommen hatte. Er war angereist, um Rafale-Kampfjets einzukaufen und Yoga zu verkaufen. Als er in elfenbeinfarbener Tunika und Hose die Stufen des Präsidentenpalasts hinabgestiegen war, hatten seine Mokassins den Blick auf seine seidenen Damenstrümpfe freigegeben. Zweifellos ein gut gemeinter Tipp seiner Berater, die ihm keine dicken Socken zumuten wollten.

Jahre vorher hatte der diplomatische Besuch des muslimischen Diktators in Begleitung seiner »Amazonengarde« einen Skandal verursacht. Heute ignorierte der führende Politiker Indiens die in der Verfassung seines Landes verankerte Trennung von Staat und Religion, predigte und praktizierte einen absolut hemmungslosen hinduistischen Fanatismus und stützte sich auf das von seinem Vorgänger der rechten Partei angekurbelte Wirtschaftswachstum, um eine religiöse Nation zu errichten, und sein Besuch in Frankreich verstieß weder gegen das Protokoll noch gegen ethische Grundsätze. Wahrscheinlich sah man in ihm einen Schutzwall gegen islamistische Fundamentalisten und glaubte, dass der Feind der Feinde ein Freund sein müsse. Man vergaß, dass er für den Genozid an den Muslimen in seinem Land verantwortlich war, im Bundesstaat Gujarat, den er für einige Jahre regiert hatte, man vergaß, dass die USA ihm die Einreise verweigert hatten, weil ein Verfahren gegen ihn anhängig war, man vergaß außerdem, dass er Mitglied des RSS war, jener Organisation, aus deren Reihen der Mörder von Mahatma Gandhi stammte. Aber die Menschen, die die Koalition aus extremistischen religiösen Parteien ins Parlament gewählt hatten, schienen an partiellem Gedächtnisverlust zu leiden, und hier vergaß man ebenfalls, was vergessen werden musste, um Handelsverträge abzuschließen, um sich mit internationalen diplomatischen Beziehungen zu schmücken, um das Böse zu besiegen, als ob das Böse nur ein Gesicht haben könne.

Nach seiner Rundfahrt auf der Seine besuchte der Yogi-Führer weitere europäische Länder und schlug Wellen. Niemand hatte vorhergesehen, dass sich in diesem Land bald Hunderte junge Frauen und Männer in der Öffentlichkeit in safrangelben T-Shirts im Lotossitz auf den Boden setzen und die wedische Zeit und ihre mystischen Rituale heraufbeschwören würden, dass die abstoßende Dreistigkeit sich auszahlen würde, Kriegswaffen mit Seelenfrieden zu kreuzen, dass das schmutzige, schlamm- und blutverschmierte Geld die Menschen auf die spirituelle Reise schicken würde. Niemand ahnte, dass dieser Staat, das fünftmächtigste Land der Welt, sich dermaßen verletzlich fühlte.

Esha verfasste eine schnelle Nachricht, um Marie zu sagen, dass sie zur Demonstration kommen würde.

Sie war mit Julien verabredet. Bei der Aussicht, dass er sie nach all den Jahren in ihrem engen roten Kleid und ihrem Mantel mit dem grauen Leopardenmuster wiedersehen würde, war sie ganz aufgeregt geworden, war die Stufen der Vortreppe und die Straße hinuntergeeilt, hatte den Schlund zum unterirdischen Leben gemieden und war zum Bus mit der Nummer 63 gelaufen. Als sie die waagerechten Kräne neben dem Turm und die erste Brücke passiert hatte, schien die Stadt mit einem Mal aufzublühen, sich großzügig zum Himmel zu öffnen, rechts brachen sich funkelnd die Wellen der Seine, links reihten sich herrschaftliche Gebäude aneinander – Esha sah die in winterliches Licht getauchte Stadt mit neuen Augen, der Bus war ins Innere einer riesigen Orange eingedrungen, hatte sich in sie hineingebohrt, sie durchquert, die Räder schienen den Boden nicht mehr zu berühren. Sie war auf dem Weg in das fröhliche Chaos aus Büchern, Filmen, Gemälden, in die Fülle von Ideen, Gedanken, Energien, zu den alten Professoren und jungen Studentinnen, den Prinzendichtern und Najadenjournalisten, den Künstlern, Malern, Fotografen, Philosophen, Doktoranden, Buchhändlern, Lesern, den Wahnsinnigen und den Liebenden, vorbei am Theater und am Senatspalast, an den Cafés, den Auslagen der Buchhandlungen, über den Platz vor der Universität, die Gasse hoch, gelangte sie endlich zu dem kleinen Kino.

Julien war da, vor dem Eingang, den Kopf über ein

Buch gebeugt, dunkler Dufflecoat und weißes Hemd mit winzigen schwarzen Punkten. Esha hielt inne, bevor sie die Straße überquerte, bevor sie sich ihm näherte, bevor er aufschaute und seinen grün-grau flimmernden Blick auf sie richtete. Für einen Augenblick hatte Esha den Eindruck, dass alle Viertel, alle Gebäude und alle Wohnungen, die sie in dieser Stadt gekannt hatte, nur der Dschungel gewesen waren, den sie durchqueren musste, um diesen Ort zu erreichen, dass alle Wege, alle Trassen nur die Peripherie waren, die sie unweigerlich hierher gebracht hatte, in das Herz der Orange. Die Erde war wieder blau und begann, sich zu drehen, langsam zu atmen, am Ende dieses Winters.

Die Spitze des Eisbergs

Letztendlich ging Esha nicht zur Kundgebung.

Ein paar Wochen später schlug sie Marie ein Treffen vor, um sich persönlich zu entschuldigen. Sie suchte nach Alibis, aber nichts schien ihr überzeugend, weder die dem ersten Frühlingsregen geschuldete Erkältung noch ihre tägliche Erschöpfung nach der Schule.

Marie hatte in Paris einen Freundeskreis, der sie unterstützte, verstand, sie bei all ihren Aktionen entschlossen begleitete und einen eingeschworenen Zirkel bildete, zu dem Esha nicht gehörte und niemals gehören würde. Trotzdem wandte sie sich immer wieder an Marie, mit einem unerklärlichen Bedürfnis, vor einen alten, blinden, gesprungenen Spiegel zu treten, in der Illusion, ihr Spiegelbild darin zu entdecken.

Am Telefon hatte Marie ihr angekündigt, dass sie bald wieder nach Kalkutta reisen würde. Sie hatte vor, sich eine Wohnung zu mieten und zu bleiben, bis sie etwas über ihre Eltern herausfinden würde. Esha hatte ein Treffen in einem Café in ihrem Viertel vorgeschlagen.

Sie hatte Schulferien. Julien hatte sich seit einer Weile nicht mehr bei ihr gemeldet. Sicher war er auf Vortragsreisen im Ausland. Seine Abwesenheit beunruhigte sie nicht, sie hatte nur viel freie Zeit und war entschlossen, sie zu nutzen. Endgültig vorbei waren die Zeiten, als er ihr fast täglich geschrieben hatte, um ihr seine Gedanken, seine Lektüren, seine Irrwege und seine Momente innerer Versunkenheit vor einem Sonnenuntergang am Strand oder der neuen Ausstellung im Palais de Tokyo anzuvertrauen, als Esha morgens noch im Halbschlaf voller Vorfreude ihre E-Mails aufgerufen hatte, wie gelähmt vor Angst, keine Nachricht von ihm vorzufinden.

Die Zeiten hatten sich geändert. Die Jahre hatten sich zwischen sie gelegt wie Luftpolsterfolie, die sie einhüllte und voreinander schützte. Keiner der beiden wollte verletzt werden. »Die Frage ist nicht, wie sehr ich dich liebe, sondern wie ich dich liebe. Ich werde dich nicht mehr lieben wie zuvor, und das ist eine gute Sache.« Ausgestreckt auf dem Bett, hatte Julien sie am Abend ihres Wiedersehens angeschaut, ungläubig, als würde er sie das erste Mal sehen, als könne er nicht glauben, alles wieder genauso vorzufinden, wie er es verlassen hatte. Er erkannte den Körper wieder, aber die Worte verwirrten ihn. Er glaubte ihr nicht, aber er wollte ihr auch nicht glauben. Er hatte mit den Schultern gezuckt, »Wenn du meinst …«.

Sie hatten sich dann auf einen neuen Rhythmus geeinigt, diese vergnügte Freiheit, bei der es nicht vorgesehen war zu leiden, sie konnten sich anderswo ablenken, überall, mit wem sie wollten, konnten sich von ihren Eroberungen erzählen, wieder zusammenfinden, wann immer sie wollten. Esha war es endlich gelungen, die Spielregeln zu beherrschen, die Codes zu dechiffrieren, um nach zehn Jahren in dieser europäischen Stadt an den Hof des Fürsten vorgelassen zu werden.

Gedankenversunken irrte Esha durch die Straßen, vergaß, dass sie zu spät zu ihrer Verabredung mit Marie kommen würde. Mitten auf einer Kreuzung, vor den stillen Restaurants und Cafés, klimatisierten Modeboutiquen und Schuhgeschäften, blieb sie plötzlich stehen. Mit einem Mal hatte sie genug von diesen Steinfassaden, diesen smaragdgrünen Kuppeldächern, diesen großen schwarzen Eisentüren, von diesen Leuten so starr wie Steine, die zerbröselten und zusammenfielen wie Sandsoldaten, wenn sie an ihnen vorbeikam.

Bei ihrer Ankunft im Café suchte sie den Innenraum und dann die Terrasse mit den Augen ab. Marie war nicht da. Als sie sich hinsetzte und ein Glas Weißwein bestellte, kam eine SMS von ihr. Sie schmollte beim Lesen. Marie würde nicht kommen, sie war noch bei dem Verein, mit dem sie zur Zeit Familien unterstützte, die aus Frankreich abgeschoben werden sollten. Manche waren schon aus ihren Wohnungen vertrieben worden. Seit einem Monat lebten die Familien mit ihren kleinen Kindern auf der Straße. Marie und ihre Genossen setzten sich dafür ein, dass sie in einer Notunterkunft untergebracht würden, damit die Kinder weiter zur Schule gehen könnten.

Esha schüttelte den Kopf und stand auf, um sich eine Zeitung vom Tresen zu holen.

Ihr Blick blieb an einem Foto auf der fünften Seite hängen. Es zeigte den indischen Staatschef in Begleitung der Schauspielerin mit den grünen Augen und dem milchigen Teint, beide im Lotossitz auf einem dicken roten Teppich mit komplexer Musterung. Der Hintergrund war in Gold gehalten, aus Sesseln, Tischen, Rahmen, Spiegeln, Statuen, Pflanzen entstand dank ultramoderner Technik eine mythologische Szenerie in einem prächtigen Palast.

Esha lief es kalt den Rücken hinunter. Sie befürchtete, dass Marie ihre Verabredung abgesagt hatte, um dem indischen Staatschef heimlich auf seiner Reise durch verschiedene europäische Städte zu folgen, mit dunklen Absichten im Hinterkopf. Ihr Engagement für die Kinder der von Abschiebung bedrohten Familien schien ihr wie eine List, als Begründung zu brav, um glaubwürdig zu sein. Ihre wahren Kämpfe lagen sicher anderswo. Was sie von Marie wusste und vor allem was sie nicht von ihr wusste, wirkte auf sie immer wie die Spitze des Eisbergs, sie traute ihr zu, im Verborgenen zu agieren, für ihre politischen Ideale radikale Bündnisse einzugehen, sie traute ihr zu, in geheimen Wassern auszuharren, um das Boot zum Kentern zu bringen.

Schlangen und Leitern

Man hätte es für einen Ausbruchsversuch halten können. Die jungen Männer kletterten an den Mauern eines drei- oder vierstöckigen Gebäudes nach oben, in dem ihre Freundinnen die Abschlussprüfung ihres Studiums ablegten. Sie krallten sich an die roten Ziegelsteine, mit aufgeschürfter Haut, ganz benommen von der unbarmherzigen Sonne dieses tropischen Landes, hingen in Trauben unter jedem Fenster und steckten ihnen durch die Gitterstäbe die Antworten zu. Kleine Ameisen am Rand des Glutofens, bewiesen sie einen ganz eigenen Sinn für Solidarität. Die Bilder von dieser neuen Art des Schummelns bei einem landesweiten Auswahlverfahren in Indien kursierten wochenlang in den Medien und den sozialen Netzwerken.

Im Lehrerzimmer fragten Eshas Kollegen sie nach ihrer Meinung. Es war eine unglaubliche Metapher für den Ehrgeiz dieser jungen Männer und Frauen, für ihren Versuch, ihr Schicksal in die Hand zu nehmen, die Mauer hochzuklettern, um die soziale Leiter zu erklimmen. Auch die Schüler sprachen sie im Unterricht darauf an. Unvermittelt warf ein Mädchen ein: »Aber in Ihrem Land rasieren sich die Frauen die Köpfe und verkaufen ihre Haare, oder?«

Esha wich diesem fruchtlosen Gespräch aus, verkündete das Thema des Tages und startete einen kurzen Dokumentarfilm.

Mitten im Film rief die Klassensprecherin, Svetlana, eine junge Schwarze, die das weiße Verlangen ihrer Eltern vor sich her trug:»Aber sie war doch Jüdin?« Einige Mädchen zuckten zusammen.

»Ja. Na und?« Esha drückte die Pausentaste und beobachtete ihre Klasse.

Die verschwörerischen Blicke, die sich Svetlana, Amina, Tiffany und ein paar andere zuwarfen, beruhigten sie nicht wirklich.

»Aber die Juden benutzen am Freitag keinen Strom. Und die in dem Film trägt weite Kleider, weil Juden keine engen Kleider tragen.« Sehr bedächtig zählte Amina ihre Argumente auf. Ihre Klassenkameraden nickten.

»Wir sollten Verallgemeinerungen vermeiden, oder? Die Juden sind so, die Araber sind so, die Inder sind so...«

»Aber Sie haben doch gesagt, dass wir nicht über Juden reden sollen, und jetzt reden wir doch wieder über sie.«

»Ich habe nicht gesagt, dass wir nicht über Juden sprechen, ich habe gesagt, dass wir nicht verallgemeinern sollen, weder bei Juden, noch bei irgendwem.«

Ihre Stimme ging in den Schreien der Mädchen unter. Svetlana sprang auf.

»Sind Sie Lehrerin oder was? Was soll das? Das ist Gehirnwäsche.« Sie reckte ihren Hals, ihren ganzen Körper zu Esha, ihre schwarzen Augen waren voller

Wut. »Sie können das gar nicht entscheiden! Sie sind *Ausländerin*! Ich bin hier geboren. Ich bin hier zu Hause.« Sie tobte und gestikulierte, von einer unkontrollierbaren Heftigkeit gepackt, die anderen Schüler schrien mit.

Am Ende der Stunde bekam Esha einen Anruf vom Direktor, der ihr sehr kurz angebunden mitteilte, dass er diese täglichen Konflikte nicht tolerieren werde, dass er nicht ihr zuliebe alle von der Schule werfen könne. Esha fühlte sich in die Enge getrieben. Zum ersten Mal verstand sie, woher die Energie der Mädchen kam. Sie verstand, dass auf diesem Gymnasium die Schüler, die Lehrer, die Direktion, die Aufseher und das pädagogische Team einen eingeschworenen Clan bildeten und in ihr einen schädlichen Fremdkörper ausgemacht hatten.

Am Abend aß sie mit Julien und konnte sich nicht zurückhalten, davon zu erzählen. Er stellte nie vorgefertigte Fragen wie »Wie war dein Tag?«, er befragte sie zum Wesentlichen, zum Absoluten, es waren nicht die Einzelheiten der Realität, die ihn interessierten, sondern die Realität als Gesamtkonzept. Sie erzählte ihm von dem Zwischenfall in der Schule, ihre Stimme wurde immer ungeduldiger, denn sie spürte, dass er nicht einverstanden war.

Schließlich bekam er einen dieser Wutanfälle, die sie ihm früher nicht zugetraut hatte. Er beschuldigte sie, gefährliche Verallgemeinerungen vorzunehmen, den Faschos das Wort zu reden und eine Idee von absoluter Autorität stark zu machen, die ihm zuwider war. Seine Worte brachten sie völlig aus der Fassung, sie verlor ihren letzten Verbündeten, sie verlor nicht nur seine Unterstützung, sondern auch seine Wertschätzung, das machte sie wahnsinnig, sie fühlte sich verpflichtet, mit der gesamten Linken abzurechnen, mit allen Künstlern und Intellektuellen, die damit prahlten, schlechte Schüler gewesen zu sein, sie nannte sie Kriminelle, beschuldigte sie, die einfachen Leute in einer Wüste der Geistlosigkeit zurückgelassen zu haben, dann sprang sie auf und begann, im Zimmer auf und ab zu gehen.

Ein Gefühl von Ungerechtigkeit vermischt mit Scham überfiel sie. Sie verstand selbst nicht, warum sie mit solcher Hingabe für die Zukunft dieser Schüler kämpfte, die nicht ihre waren, die es niemals sein würden. Welche soziale Ordnung wollte sie errichten? Aber es war zu spät, sie konnte nicht mehr aufhören zu sprechen, konnte ihre Wut nicht mehr zügeln. Sie füllte Wasser in ein Glas, trank ein wenig und hielt es Julien hin.

Mit einer Handbewegung lehnte er ab. Er war dermaßen wütend, dass er nichts mehr sagen konnte. Eshas umgangssprachliche Ausdrücke machten ihn wahnsinnig, traurig sogar, für ihn war die Sprache heilig, stilvoll, tiefgründig. Mit einem Mal hatte er den Eindruck, dass Esha all jenen ähnelte, die sie so energisch verurteilte. Er schaute aus dem Fenster.

»Du stehst für alles, was ich verabscheue.«

»Sag mir, wofür ich stehe.«

»Autorität ist immer konservativ. Ich bin für die Förderung der Freiheit, des Widerstands. So einfach ist das.«

»So einfach ist das? Willst du Freiheit sehen?«

Esha nahm das Glas und ließ es fallen. Es fiel auf den Boden und zersprang mit einem leisen Klirren, das vom Teppich und Juliens Aufschrei verschluckt wurde. »Du bist völlig übergeschnappt.«

»Siehst du, die Erdanziehung. Es gibt keine absolute Freiheit. Alles ist relativ. Wörter existieren nicht für sich allein, sie stehen für eine Realität, stell die Wörter in ihren Kontext.«

»Mit dir kann man nicht reden! Wie soll ich mit jemandem diskutieren, der sich dem Logos verweigert?«

Julien zog seine Schuhe an, hätte beinahe türenschlagend die Wohnung verlassen, Esha warf sich ihm in den Weg. Sein Gesicht war rot angelaufen, seine Augen riesig, oder vielleicht wirkten seine unrasierten Wangen plötzlich so müde, so eingefallen, dass nur noch seine leeren, wirren, feuchten Augen blieben. Esha umarmte ihn und bedeckte ihn mit Küssen. Seine Haut war heiß, als hätte er Fieber. Sie schaute auf, Julien weinte, sie küsste ihn wieder. »Verzeih mir! Julien! Ich bitte dich um Verzeihung! Ich bin dumm! Ich sehe es ein!«

Umschlungen standen sie an der Tür.

Dann ließen sie sich erschöpft aufs Sofa fallen, Hand in Hand, ohne sich anzuschauen. Anschließend aßen sie, und der Geschmack von Kreuzkümmel, Kurkuma, Petersilie, Koriander, Ingwer, Kokosmilch beruhigte sie. Esha hätte sich ohrfeigen können. Sie konnte sich nicht verzeihen, den Abend verdorben zu haben, den Mann, den sie so liebte, verletzt zu haben, und zuzusehen, wie er dank ihrer Kochkünste, dieser unbedeutenden, flüchtigen Gewürze und Gerüche, zu ihr zurückkehrte, wo ihr die Grundfesten ihrer Beziehung zerstört schienen.

Aus dem Bauch des Blauwals

Beim ersten Mal behielt Esha die Fassung. Es passierte in der großen Halle des Einkaufszentrums, das an die spinnennetzartige Station Châtelet mit ihren vielen Gängen anschloss. Sie war schwer bepackt mit Tüten voller Kleider und Schuhe, in ihr Glück mischte sich Scham. Dort, von allen Seiten von Glaswänden umgeben wie in einem riesigen Aquarium, wurde Esha von einem Mann angesprochen, der noch nicht lange einer war, sein dünner Bart und seine knochigen Wangen widersprachen seiner noch neuen Selbstsicherheit. Er befeuchtete sich die Lippen und fragte Esha, ob sie einen Augenblick Zeit habe. Sie musterte ihn amüsiert, es erinnerte sie an die Tage, als die Männer sie noch nicht aus einer unergründlichen Gehässigkeit angesprochen hatten, sondern aus reiner Bewunderung. Mager wie er war, schlotterten ihm die Hose und das Hemd am Körper, nervös zupfte er am Gurt seiner kakifarbenen Tasche. Er fragte sie, was sie beruflich machte. Seit wann sie in Frankreich war. Esha antwortete und gab die Fragen an ihn zurück. Er lächelte und stellte klar, dass er hier geboren sei. Dann schaute er Esha in die Augen und verkündete, dass er kein Problem mit Leuten wie Esha habe, wenn sie für sich selbst aufkamen.

»Wie bitte?« Esha riss die Augen auf. Das Gespräch hatte mit einem Mal nichts mehr von einem Flirt.

Der junge Mann, der aussah wie ein arroganter, zu schnell erwachsen gewordener Teenager, musterte Esha in aller Ruhe und sagte: »Wir wollen keinen Ärger, solange die Leute die Regeln dieses Landes verstehen und respektieren und nicht über die Stränge schlagen.«

»Habe ich mich verhört oder machen Sie wirklich Werbung für eine gewisse Partei, die ich hasse?«

Diesmal verzog der junge Mann den Mund zu einem breiten Grinsen. »Bevor Sie urteilen, sollten Sie erst mehr über das Programm und die Ideen der Partei wissen. Es gibt viele Missverständnisse, es ist nicht mehr wie früher, die Partei hat sich sehr verändert, weiterentwickelt.«

Esha entfernte sich eilig. Der Typ folgte ihr. »Ich möchte mit Ihnen reden. Reden kann man wohl noch, oder? Das ist doch sehr interessant, finden Sie nicht?«

»Wenn Sie mir weiter folgen, schreie ich.«

Der junge Mann wirkte verunsichert. Man hätte meinen können, er habe gerade auf dem Schulhof eine Abreibung bekommen, er zitterte wie ein dünnes, trockenes Ästchen.

Esha rannte fast zu ihrem Bahnsteig. Für einen Augenblick verstand sie nicht, was geschehen war oder wer dieser junge Mann war, ob er allein losgezogen war, um seiner dumpfen Einsamkeit zu entkommen, um den Bahnhof als Trainingsplatz zu nutzen, oder ob er für die Partei arbeitete, von der jetzt ständig die

Rede war, die nun nicht mehr ihr abstoßendstes Gesicht zeigte, das einer keifenden Bulldogge, die nun ihr glattes, blondes Gesicht zeigte, energisch, sicher, aber liebenswürdiger, hinterhältiger, mit dem Körperbau einer morbiden Hebamme. Vielleicht gehörte er zu der Gruppe, die dem Land mit Fäusten gegen Schwule, die Regierung und ihre Verbündeten einen neuen Frühling versprach, die kurz vor Feierabend auf der Buchmesse der Stadt auftauchte, sich die jüdischen Verlage heraussuchte und eine Schlägerei anzettelte. Oder auch zu der anderen Gruppe, die systematisch die Feministinnen verprügelte, die ihre nackten Brüste herzeigten wie ein Transparent, wie einen Slogan, wie eine Waffe.

Esha dachte an Christophe Richard. Er hatte den Kontakt wieder aufgenommen und rief sie regelmäßig an. Er erkundigte sich nach ihrem Befinden, wollte von ihren Plänen wissen, ob sie Freunde aus Bangladesch bei sich aufnahm, ob sie bei ihr übernachteten. Esha hatte es aufgegeben, sie versuchte nicht mehr, die Missverständnisse aufzuklären, sie hatte eingesehen, dass jede Art von Anders-Sein für die meisten unverständlich war, dass das fremde Wesen ein Rätsel blieb, seine Gesten, Worte, Gedanken, sein Leben und seine Absichten riefen Angst und Schrecken hervor. Nur Lügen konnten sich gegen die Ahnungslosigkeit behaupten. Esha fürchtete, dass sie auf einer Liste stand, in einem schwarzen Heft, mit schlechten Noten. Und sie glaubte nicht mehr, was Monsieur Richard ihr gesagt hatte, sie hatte seit einer Weile verstanden, dass sie ihm nicht helfen sollte, andere zu verjagen, sondern sich selbst. Jemand beobachtete sie aus der Ferne, von oben, wie einen Goldfisch in einem Glas.

Erst der nächste Vorfall versetzte Esha in Aufregung.

Sie wartete auf die Metro, um zu einer Freundin zu fahren. Der Bahnsteig war überfüllt, die Pendler am Verzweifeln, die Touristen am Staunen, angezogen vom Turm, von seinen Lichtern. Esha schlug ihre Zeitschrift auf, weil die Bahn auf sich warten ließ. Ein Mann beugte sich zu ihr und fragte, was sie las. Überrascht schlug sie die Zeitschrift zu und zeigte ihm das Titelblatt der Ausgabe. Er war um die vierzig, muskulös, kahl rasiert, sein farbloses T-Shirt und seine Kunstlederjacke rochen nach Alkohol, Schweiß, Dreck. Sein Gesicht war rot vor Aufregung und vom Alkohol, Esha konnte ihn im Nachhinein nicht beschreiben, die Augen, die Nase, der Mund, nichts war wiedererkennbar, besonders, er ähnelte tausend anderen Gesichtern, unscharf und trübe wie seine Gedanken. Er streckte seine Bierdose zu Esha und fragte: »Sind Sie Asylantin?«

Esha fühlte sich so beleidigt, dass sie nicht antwortete. Sie wandte sich ab, versuchte, ihm zu entkommen.

Der Mann ließ nicht locker: »Das interessiert mich wirklich, diese Asylanten! Sie sind eine von denen, oder?«

Weil sie ihn loswerden wollte, sagte Esha schließlich: »Nein, bin ich nicht. Ich bin Englischlehrerin. Am Gymnasium.«

»Klar und ich bin der Baron Rothschild. Kannst du dir in den Arsch schieben, dein Englisch.«

Esha konnte sich die Antwort nicht verkneifen: »Sie jedenfalls scheinen sich die Dinge gerne in den Arsch zu schieben.«

Der Mann schwankte, richtete sich auf und brüllte: »Ich kenne euch, ihr Schlampen! Aber die Dinge werden sich ändern, das kannst du mir glauben!«

Esha bedauerte es, die Fassung verloren zu haben, das war ein Fehler. Nichts konnte einen Irren voller Phobien mehr kränken, als ihn mit dem Objekt seiner Phobien in Verbindung zu setzen. Sie drängelte sich nach vorne, in die Menschenmenge, und stieg in die Metro. In kürzester Zeit war der Waggon überfüllt, Esha stand direkt an der noch offenen Tür, und der Mann tauchte wieder auf dem Bahnsteig vor ihr auf und brüllte einen Schwall Drohungen und Beleidigungen, die heftige Variante seiner Forderungen, Verdächtigungen, seines Spotts und seiner Warnungen an Esha und ihre Familie bis in die vierzehnte Generation.

Die Bahn fuhr ab. Der Mann stieg nicht ein. Schlug gegen die Tür, bis sich der Wagen entfernte. Die Fahrgäste schwiegen. Starr vor Angst versuchte Esha zu verstehen, woher diese unglaubliche Dreistigkeit kam, diese wilde Energie, wie viele Menschen mittlerweile so geworden waren, hemmungslos, frech, maßlos, welche Grenze sie überschritten, welches Gebiet sie erobert hatten. Sie erinnerte sich an den Film von Béla Tarr, wo aus dem Bauch des Blauwals Männer stiegen, Ganoven, Banditen, Handlanger, die die Stadt in Angst und Schrecken versetzten, in Dunkelheit und im Morgennebel Menschen mit Baseball- und Hockeyschlägern verprügelten und totschlugen.

Esha kam spät nach Hause. Sie wollte so viel Zeit wie möglich zwischen sich und den Vorfall bringen, sich vom Ort entfernen, an dem sich die Gewalt entladen hatte. Als sie ihre dunkle Wohnung betrat, hatte sie plötzlich große Angst. Der Mann war nicht in die Bahn gestiegen. Er war ohne Zögern auf sie zugekommen, in der Menge auf dem Bahnsteig hatte er unweigerlich sie ausgewählt und war dann dort geblieben, in ihrem Viertel. Er sah eher nach einem Arbeiter aus als nach einem Nachbarn. Vielleicht war es ein Zufall, aber vielleicht kannte er sie, hatte sie seit einer Weile beobachtet.

Esha machte das Licht im Wohnzimmer an. Das Fenster stand weit offen. Sie konnte sich nicht erinnern, es beim Gehen offen gelassen zu haben. So etwas vergaß sie normalerweise nicht. Es gefiel ihr nicht. Sie durchquerte das Wohnzimmer, um zur Toilette zu gehen und bemerkte ein paar Tropfen auf dem Parkettboden, rot, unsymmetrisch, vereinzelt. Sie erstarrte, während ihr Herz in ihrem Brustkorb raste wie ein panischer Hund. Der Hausflügel gegenüber war dunkel, nirgends brannte Licht. Sie zögerte und wagte sich dann weiter. Unter ihren zittrigen Schritten, im plötzlich auffrischenden Nachtwind gerieten die Blutstropfen in Bewegung und wurden durch die Luft gewirbelt. Esha traute ihren Augen kaum. Als sie näher kam, verstand sie, dass es Blütenblätter aus den Blumenkästen der Nachbarn über ihr waren. Sie ließ sich auf den Boden fallen. Ein paar kleine rote Blätter segelten durch die Luft, andere klebten auf dem Boden, winzige Schönheiten in der kalten Nacht.

Der Grabstein

Über mehrere Tage hatte es in Tajpur Zusammenstöße zwischen der Polizei und den Demonstranten gegeben, die Leute waren schockiert über die Brutalität und die Gewalt, mit der die Polizei und die Aktivisten der regierenden kommunistischen Partei die Aufständischen vertrieben hatten. Marie und ihre maoistischen Genossen hatten beschlossen, sich zu zerstreuen, sich unter die Menschen aus allen Ecken Bengalens zu mischen. Sie waren vom Land nach Kalkutta gefahren, hatten die wenigen Waffen versteckt, die ihnen blieben, die meisten Bauern waren am Tag des letzten Zusammenstoßes samt ihren Karabinern verhaftet worden. An jenem Tag wusste niemand, ob sie kämpften, um ihre Felder zu retten oder um Gerechtigkeit für die ermordete Mina Bepari zu fordern. Der Fund der halb verbrannten, verkohlten Leiche der jungen Frau, die in der Nähe des Standorts für die geplante Automobilfabrik vergraben worden war, hatte ganz Bengalen aufgewühlt. Über Wochen und Monate kursierten in den sozialen Netzwerken Bilder, manche beschuldigten die Aktivisten der kommunistischen Partei, für das Verbrechen verantwortlich zu sein; die rechten Oppositionellen und alle Splittergruppen, die sowohl von der hinduistischen Partei als auch von den Maoisten unterstützt wurden, schrien dieselben Parolen, riefen zum Sturz der Regierung auf. Marie und ihre Genossen hatten gespürt, dass ein Beben durch die Region ging, alle Strömungen der Opposition hatten neue Kraft geschöpft, die den Sitz der Macht verwüsten und in Brand setzen würde. Kurz vor den Wahlen hatte sie Bengalen verlassen, um nach Paris zurückzukehren.

Marie zögerte, ob sie von ihren Albträumen erzählen sollte. Sie musterte die Leute im Café, manche tranken an diesem späten Nachmittag Wein oder Bier, andere aßen Salat oder ein Omelette, die Einkaufsstraße gegenüber war gut besucht, hinter den Gebäuden konnte man den Turm erkennen, es wurde immer wärmer, eine Hitzewelle war angekündigt, Esha hatte für das kommende Wochenende wieder eine Verabredung mit Julien, ein kindliches Lächeln lag auf ihrem Gesicht.

Marie zögerte noch einen Augenblick, dann vertraute sie Esha an, dass sie nachts von Mina heimgesucht wurde, vom schweren Atem ihres unsichtbaren Körpers. Sie trug eine kleine Tätowierung, drei kleine Punkte in einem Dreieck, auf ihrem Kinn, die Bäuerinnen in Indien, die Farmerinnen und Arbeiterinnen zeichneten sich solche Symbole auf die Haut. Marie trug ein quadratisches Totem aus Eisen eng am Hals, und wenn sie lächelte, zitterte ihr kleiner silberner Nasenring leicht. Sie verschränkte die Arme. Die körperliche Kraft, die von ihr ausging, und ihr sanftes, ruhiges Gesicht darüber waren erstaunlich. Ihr lehmfarbener Teint wurde im Sommer dunkler, auch weil sie sich überhaupt nicht schützte, gar kein Aufheben um ihre Person machte, als ob sie Sonne und Wind trotzte, wenn sie sich nicht gerade im Strudel einer großen politischen Bewegung befand, als ob diese Kraftprobe in dieser Stadt Europas, diese Ablehnung jeglichen materiellen Komforts, ihren Wunsch nach heldenhaften Taten kompensierten.

»Du hast gesagt, dass niemand wusste, was genau passiert ist! Dass unklar ist, wer sie umgebracht hat!«

»Es ist nicht schwer, es zu erraten und zu verstehen, wem der Mord genutzt hat.«

Esha ließ den Blick durch den Raum schweifen. Sie konnte nichts Auffälliges entdecken. Hier schien alles seinen gewohnten Gang zu gehen. In den sozialen Netzwerken hatte sie ein Dutzend Artikel über den Mord an der jungen Aktivistin in Bengalen gelesen. Manche sagten, dass sie ein leichtes Mädchen gewesen sei; dass die Familie des Mannes, von dem sie schwanger gewesen war, sich für die Schande rächen wollte, die sie über sie gebracht hatte; dass ihre eigene Familie unklare Angaben gemacht habe und kurz nach dem Mord aus Bengalen verschwunden war. Andere sagten, dass sie eine Stimme des Protestes gegen die Industrialisierung und die Vertreibung der Bauern der Gegend gewesen war, dass sie gegen den Pakt zwischen dem multinationalen Unternehmen und den Großgrundbesitzern gekämpft hatte. Diese Neureichen, die seit Langem nicht mehr auf dem Land lebten und ins riesige Kalkutta gezogen waren, ihre Kinder studierten und arbeiteten im Ausland, sie leisteten sich Luxusreisen in europäische Städte. Die Erträge dieser Felder, die armseligen Säcke voll Reis und Gemüse bedeuteten ihnen nichts. Sie wollten sich mit dem internationalen Deal ein Vermögen verdienen.

Marie trank ihren Kaffee. Schaute Esha an und wartete auf eine Reaktion.

Esha sagte nichts. Sie teilte Maries Ansichten, auch wenn sie der schaurige Mord nicht so sehr aufwühlte. Sie überlegte, ihr von den Vorfällen in der Metrostation und am Bahnsteig zu erzählen. Aber sie schämte sich dafür, in aller Öffentlichkeit auf solch vulgäre Weise angegriffen worden zu sein, sie schwieg, wollte keinen Dreck aufwühlen.

Sie wunderte sich eher, warum Marie ihre Kämpfe in der Ferne führte, obwohl hier, in Paris, in Frankreich immer mehr Bereiche zu vermintem Terrain wurden. Es reichte, sein Viertel, seinen Sicherheitsbereich zu verlassen, es reichte, die Bahn zu nehmen, die rote Linie der Peripherie zu überschreiten, die unsichtbare Mauer zu überwinden, und schon war man in unbekannten Zonen, auf fremdem Boden, wo andere Gesetze, andere soziale und moralische Codes galten. Die Tore der Stadt waren nicht dafür da, dass man hinein und hinaus konnte, sie waren eine letzte Warnung, damit jeder auf seiner Seite blieb, sie nicht durchschritt, nicht riskierte, ungeschriebene Gesetze zu brechen. Die Leute belauerten einander. Oft endete es in Geschrei und Gewalt. Es gab keine Grenze mehr zwischen Privatheit und Öffentlichkeit, die Haut war zerrissen, die Leute konnten immer und überall spucken, scheißen, brüllen, prügeln.

Esha traute sich nicht, Marie zu gestehen, ebenso wenig wie ihrer Mutter oder sich selbst, dass sie keinen Sinn mehr in der Freiheit dieser westlichen Stadt sah. Der Körper der Frau, verschleiert oder unverschleiert, löste hier wie anderswo heftige Reaktionen aus. Ein paar Zentimeter Stoff, hier waren sie zu viel, anderswo zu wenig.

Sie hörte Marie zu, aber all das schien ihr in weiter Ferne, erforderte riesige Anstrengungen, die Veränderungen, die neue Ordnung in ihrem Geburtsland zu verstehen! Sie erinnerte sich noch an die einfachen Tage, an Aktivisten wie gute Samariter. Es war traurig und erstaunlich zu beobachten, wie aus einer Vision ein Dogma geworden war, wie sich die Waffe der Befreiung in ein neues Werkzeug der Unterdrückung verwandelt hatte, wie die Menschen glaubten, die Zeit, das Land stillstehen lassen zu können wie einen Grabstein.

Bienen im Kopf

Die Hitzewelle ging zu Ende. Die Stadt beruhigte sich wieder. In der Metro wurde nicht mehr vor Dehydrierung gewarnt. Manche bereuten schon den vorschnellen Kauf eines Ventilators. Die Vormittage waren lang und frisch, die Temperatur stieg nur an, um die Blumentöpfe zu wärmen, während die Leute im Schutz der korallenroten oder blau-weiß gestreiften Markisen auf den Terrassen zu Mittag aßen. Die Urlauber waren zurück, andere brachen erst auf, um den Rest des Sommers zu genießen.

Esha war eingeladen worden, ein paar Tage in Juliens Haus auf dem Land zu verbringen. Er war nicht allein, vier oder fünf seiner Freunde waren schon dort, zusammen arbeiteten sie an einem neuen Buch. Eine große, schlanke Frau mit kurzen Haaren hatte sie am Bahnhof abgeholt. »Ich habe die Einkäufe erledigt, Julien hat viel mit seinem neuen Buch zu tun, er arbeitet hart ...« Wenn sie lächelte, wurden ihre Augen noch heller.

Das Haus befand sich am Ende eines abfallenden Wegs, die Fensterläden in einem von den Jahren ausgeblichenen Blau waren weit geöffnet, unter den Bäumen stand ein rechteckiger Tisch aus Massivholz im Gras, dort saß Julien mit drei Freunden über Stapel mit Papieren, Büchern und Laptops gebeugt. Sie formten eine fröhliche, homogene, verschworene Bande. Von morgens bis abends waren diese Männer und Frauen in ihren Jeans und ihren schwarzen T-Shirts, mit ihren kurzen, zerzausten Haaren, mit Zigaretten und Bierdosen in der Hand in lebhafte Gespräche vertieft, sie erinnerten Esha an ihre Genossen in ihrer Geburtsstadt. In ihrem geblümten Kleidchen fühlte sie sich ausgefallen und unbeholfen. In den drei Tagen, die sie blieb, holte sie ihre anderen Kleider und Röcke nicht aus der Tasche, trug eine Jeansshorts und eine weiße Bluse, was Julien sehr gefiel. Er verbrachte so viel Zeit wie möglich mit ihr, zwischen den langen, arbeitsamen Vormittagen und den ebenso langen Abendessen im Garten. Esha schwamm im Pool, der bis zum Horizont zu reichen schien, an einem Nachmittag kam Julien dazu und gemeinsam machten sie Jagd auf die Bienen, die ihnen das Becken streitig machten, der Trick war, sie mit dem Netz zu fangen und dann zu ertränken. Am Tag vor ihrer Abreise liebte Julien sie auf dem Tisch unter den Bäumen, die Stimmen ihrer Freunde und das Klirren der Gläser nebenan in der Küche vermischten sich mit dem Zirpen der Grillen in den Büschen, Esha gefiel der Gedanke, dass die Linien und Kreise vom alten Holz während der Reise auf ihre Haut tätowiert bleiben würden.

Beim Verlassen des Bahnhofs eilte sie zum Taxistand. Ein Mann sprach sie an. »Hello, Takschi? Want Takschi?« Esha sagte ihm, dass sie Französisch sprechen würde. »Kann ich ja nicht wissen«, entgegnete der Mann, halb beschämt, halb misstrauisch. »Man darf die Leute nicht nach ihrem Aussehen beurteilen.« Trotz der Müdigkeit der Reise fühlte Esha sich plötzlich ausgelassen. Der Mann hob lässig die Hand: »Wissen Sie, suchen Sie sich einfach eins aus.« Er war sichtlich überfordert, aber nur für einen kurzen Augenblick, beim Einsteigen sah Esha, wie er fröhlich ein Paar ansprach, zwei große Weiße mit viel Gepäck: »Hello, Takschi? Want Takschi?«

Man wird niemals das richtige Gesicht haben, um zu diesem Land zu gehören, um seine Sprache zu sprechen, man wird sie niemals gut genug sprechen, man wird niemals den passenden Akzent haben. Der Turm der Sprache steht, die Fremden flattern um ihn herum, picken hier und da, hinterlassen ihren Dreck, werden aber niemals ihr Nest bauen können. Das Sprachrecht ist genauso streng wie das Bodenrecht, abstrakter und unschärfer, es kennt weder Karte noch

Gebiet. Man hatte sich angewöhnt, die Menschen nach ihrem Glauben zu bezeichnen, nach ihrer Gemeinschaft oder ihrer Herkunft oder nach wer weiß welchem Stamm, Zweig, Wurzel … Man musste unbedingt zum Ursprung der Dinge vordringen, die Leitern hinaufsteigen, Darwin neu erfinden, im Müll herumstochern und den Fehler finden. Kategorien und Unterkategorien, Kästchen in Kästchen, Verpackung ohne Ende, während die Kartons und Plastiktüten die Strände verschmutzten, wo die Leichen der namenlosen Ertrunkenen angespült wurden.

Der Fahrer hatte das Fahrtziel nicht verstanden. Esha wiederholte es. Der junge Mann schaute in den Rückspiegel, wiederholte selbst den Ort und fragte ungläubig, ob sie wirklich dorthin wolle. Nachdem sie die Adresse, den Platz in dem westlichen Teil der Stadt, in der Nähe des Bogens, in der Nähe des Turms drei, vier Mal wiederholt hatte, fuhr der Fahrer los und murmelte etwas Unverständliches. Esha merkte, dass er, anders als viele seiner Kollegen, nicht herausfinden wollte, ob sie verheiratet war, ob sie Kinder hatte, wie lange sie schon in Frankreich lebte und warum sie dort lebte. Er schwieg.

Auch, als Esha ihn fragte, ob sie mit Karte zahlen könne. War er verärgert oder hatte er sie nicht gehört? Die Musik war laut aufgedreht, die wunderschön raue Stimme des Sängers schmiegte sich an den Rhythmus der Zarb. Esha beugte sich zum Fahrersitz und wiederholte ihre Frage. »Sie müssen deutlicher sprechen. Man versteht Sie nicht.« Esha biss sich auf die Lippen, hielt ihren Atem einen Moment an und antwortete dann harsch: »Machen Sie erst mal die Musik aus, dann werden Sie sehen, ob man mich versteht oder nicht.« Die Diskussion wurde immer heftiger, bis der Fahrer sich unvermittelt beruhigte, ohne dass Esha den Grund verstand, eine Entschuldigung murmelte und weiterfuhr, den Kopf im Rhythmus einer imaginären Musik wiegend.

Während sie die Autos und Busse, die Motorräder, die Fassaden der weißglühenden Häuser, ihre engen Balkone mit den Geranienkästen vorbeiziehen sah, musste Esha an einen anderen Fahrer denken, einen älteren Herrn, der sichtlich auf Höflichkeit und eine hochtrabende Wortwahl bedacht war. Er sprach über die Jugend, nicht die jungen Frauen, natürlich nicht, sondern die jungen Männer, »unsere Söhne«, er sagte, dass er sie verstehen könne. Es war einige Tage nach einer Brandstiftung in einem nördlichen Vorort von Paris gewesen. Der alte Fahrer redete sich warm, hatte den Eindruck, ein offenes Ohr gefunden zu haben. »Sie kommen ins Paradies! Sie sind Märtyrer. Ich kann sie verstehen. Ich unterstütze sie nicht, aber ich kann sie verstehen. Sie geben ihr Leben für Gott hin.« Damals hatte Esha nicht verstanden, worauf der Fahrer hinauswollte, der scheinbar der Vater aller jungen Männer seines Viertels und darüber hinaus war, oder was diese planten. Sie planten also etwas! Und es ging nicht nur um ein paar brennende Flaschen auf eine leere Fabrikhalle, es ging um andere Missionen, die sie ins Paradies bringen würden, in ihr Paradies.

Esha musterte den jungen Fahrer heimlich, der die Musik leise wieder angemacht hatte. Sie wunderte sich über seine plötzliche Ruhe. Wer weiß, ob er genug gehabt hatte, weil ihn etwas anderes erfüllte, oder ob er sich lieber ruhig verhielt, um sich insgeheim für die letzte Schlacht zu wappnen.

Mutter in Bedrängnis

Marie war wieder aus den sozialen Netzwerken verschwunden, wo sie sonst Fotos von ihren Streifzügen durch die tropische Stadt postete und sich bei ihren Freunden meldete. Esha ahnte trotzdem, dass sie Kalkutta von Norden nach Süden, von Osten nach Westen nach einer alten Akte, nach Namen von Menschen und Straßen durchforstete. Die Häuser und Geschäfte, die Bäume und Straßenlaternen ähnelten einander, wiederholten sich endlos. Beim Anblick eines grünen Fensterladens, eines Vorhangs, der im Abendwind flatterte, eines alten Paars beim Tee in ihrem Wohnzimmer erfand Marie eine Geschichte, deren Teil sie hätte sein können, in deren Tage sie sich hätte schleichen können, vom Dorf in die Stadt, die Jahre durchqueren, um gewiegt von der Zuneigung ihrer echten Eltern den Geschmack blinder, unbewusster, bedingungsloser Liebe kennenzulernen.

Dann, eines Tages, als Esha schon nicht mehr damit rechnete, schrieb Marie ihr einen langen Brief, oder vielmehr einen langen Monolog. Zwischen ihren bruchstückhaften Gedanken voller Wut und Hoffnung machte Esha auch einige konkrete Informationen aus.

Die Mission der Mutter hielt ihre Geheimnistruhe geschlossen. Nicht nur, dass Marie nie eine Antwort bekam, weder per Post noch am Telefon, man weigerte sich zudem kategorisch, sie zu treffen. Hartnäckig wie sie war, hatte sich Marie trotzdem in die Mission getraut, an einem Nachmittag, als die Sonne das große Porträt der Mutter leuchten ließ, das Glas des Bilderrahmens warf die Sonnenstrahlen zurück und blendete die Betrachter. Durch die Tür sah sie einen großen Schlafsaal, in dem Leute auf dem Boden lagen, auf Matratzen, die kaum dicker waren als die blauen Saris, die die Laken ersetzten. Alte, schmutzig gelbe Ventilatoren hingen von den Holzbalken an der Decke. Auf den Fensterbänken kühlten Einmachgläser mit Marmelade und Gewürzpasten langsam im letzten Licht des Tages aus. Ein weiteres Porträt der Mutter in gleicher Größe hing an der Wand und wachte von oben über die Flüchtlinge.

Marie hatte in einem kleinen Raum gewartet, durch den die Schwestern geschäftig liefen, ohne Notiz von ihr zu nehmen. Die Zeit verging im Rhythmus einer modernen Quarzuhr. Als die Schwestern merkten, dass sie nicht gehen würde, wurden sie feindselig. Manche schlugen mit den Türen, andere ließen ihre Ordner mit Nachdruck auf die Tische fallen und wirbelten Staub auf. Unter ihrem weißen Schleier mit der blauen Borte wirkten ihre Blicke bedrohlich. Gleichwohl konnten einige von ihnen ihre Irritation mit einer Spur Anteilnahme nicht verbergen. Marie hatte den Eindruck, dass auch sie Angst hatten vor einer unsichtbaren Autorität.

»Ich werde für Sie beten, Tochter!«, hatte schließlich eine magere, steife Schwester um die fünfzig hervorgebracht und sich dabei an das Kreuz auf ihrer Brust gefasst. Ihre Augen hinter der schwarz gerahmten Brille hatten Marie fixiert, bis sie aufgestanden und zum Ausgang gegangen war. An der Tür war Marie stehen geblieben, hatte sich zu ihr umgedreht und sehr ruhig gesagt: »Es ist nicht nötig, für mich zu beten. Ich glaube nicht an diesen Quatsch.«

Als sie das las, musste Esha laut lachen. Dann wurde sie traurig. Ihre Regale umzingelten sie wie eine Masse aus Schatten, das Weiß der Wände war vergilbt, ein Riss lief über die Decke. Sie versuchte, sich das kleine Zimmer vorzustellen, das Marie bei Freunden in Kalkutta gemietet hatte, ihre ausgebleichten Jeans und Sprüche-T-Shirts, ihre ausgetretenen Turnschuhe auf dem kleinen Bett und auf dem Boden, die Haufen mit lokal gewebten Stoffen und handgefertigten Dekoartikeln, die Maries Freunde zu höheren Preisen an Händler in Europa weiterverkauften, wo Drucke mit Azteken-, Orient-, Kaschmir-, Rajasthani-, Folk-, Tribal- und Dritter-Welt-Batik-Optik immer mal wieder in Mode kamen.

In ihrem Brief hatte Marie über das Jahr gesprochen, in dem sie bei ihren Adoptiveltern ausgezogen war; wie ihr die Atmosphäre dort die Luft abgeschnürt hatte, der Geruch von Sand und Wasser triefte aus den Steinen, verstopfte ihre Nase, ihre Lunge, nahm ihr den Atem. Ständig war sie krank, vertrug fast keine Lebensmittel mehr, Gemüse, Fleisch, Nudeln, Soßen, Käse und Desserts, alles, was sie gerne aß, setzte ihrem

Körper zu, ihr Magen verweigerte alles. Der Frühlingsregen machte sie heiser, verstopfte ihren Hals mit Schleim, der Wind brannte in ihren Augen, sie konnte sie nicht mehr öffnen, abends trug sie Sonnenbrillen, über die sich die anderen lustig machten. Obwohl sie von Menschen umgeben war, die sie mochten, mit denen sie ins Kino ging, Petitionen unterzeichnete, auf Demonstrationen ging. Aber sie wirkte immer düsterer, wie beschmutzt vom Wind, verbrannt von der Sonne. Ihr robuster Körper wurde von einer seltsamen Müdigkeit befallen und wurde immer durchlässiger, sie konnte sich nicht mehr auf den Beinen halten. Sie hatte verstanden, dass sie gehen musste, bevor die Pariser Luft ihre Lunge ganz vergiften würde. Sie hatte sich der Stadt verweigert, oder war es die Stadt, die sich ihr verweigert hatte, sie wusste es nicht. Sie hatte bloß erkannt, dass sie die Freude am Leben, dass sie sich selbst wiedergefunden hatte, als sie sich ins Leere gestürzt hatte, als sie in Kalkutta gelandet war, in dieser chaotischen, schmutzigen, von Staub und Qualm geschwärzten Stadt, wo sie wieder aus vollem Hals, mit weit geöffneten Lungenflügeln gelacht hatte, wo sie endlich wieder atmen konnte.

Esha wollte Marie schreiben, aber ihre Hand rührte sich nicht. Ihre Finger lagen reglos auf der Tastatur. Sie hatte den Eindruck, dass all die Wege und Jahre, durch die Marie gegangen war, nicht dazu dienten, das Ur-Versäumnis wiedergutzumachen, sondern das Leben, wie sie es gekannt hatte, zu vergessen. Eine impulsive Kraft hatte sie nach vorne geschleudert, ins

Leere. Sie hatte nach einem Sinn für ihre Irrwege gesucht, damit sie rennen konnte, durstig, zu einem unberührten Ort, der sich immer weiter ins Unbekannte verschob, dem Ort ihrer Geburt, wo die Leute Namen hatten, wo sie ihre Gesichter, ihre Stimmen, ihre Liebe erkennen würde.

An diesem Abend sah Esha Marie in dieser bescheidenen Wohnung in Kalkutta sitzen, wo alte Sessel und Stühle im trüben Licht schwammen, die Familie ihrer Freunde zum Abendgebet vor dem Altar der Götter und Göttinnen versammelt, der melancholische Klang der Glöckchen, der in der Luft des Wohnzimmers lag.

Plötzlich fühlte sie sich krank. Eine andere Wohnung, ein anderer Abend, andere Nächte tauchten hinter ihren Augenlidern auf, aber das Licht war nicht mehr warm, kein Laut, kein Ton, kein Atem drang zu ihr. Ihr wurde bewusst, dass sie weder hier noch dort lachen, atmen, sich lebendig fühlen konnte, dass sie auf Blindflug war, ins Leere stürzte, ohne Erde, ohne Himmel.

Sie stand vom Computer auf und sah nicht, dass Marie entdeckt hatte, dass sie online war, und versuchte, eine Unterhaltung mit ihr zu beginnen. Sah nicht, dass über die Meere und Ozeane, über die Grenzen hinweg, stets sie es war, zu der Marie zurückkehrte, aber das machte keinen Sinn.

Fight Club

Es war kühler geworden. Regen setzte ein, der Himmel blieb während der Schauer gelb. Dann regnete es die folgenden Tage weiter, alles wurde grau, weich, gepolstert, der Wind und die Bäume, die Wolken und die Häuser.

Esha verließ Juliens Wohnung, wo sie den Nachmittag gemeinsam verbracht hatten.

Ihre Verabredungen erinnerten sie immer daran, wie verrückt sie früher nach ihm gewesen war und wie unerschütterlich zurückhaltend sie jetzt war. Von einer Blase aus Glas geschützt, beobachtete sie Julien, wie er sich begeisterte, sich sogar in sie verliebte, sie beobachtete, reglos, nichts zitterte in ihr, keine Panik, keine Angst, Julien zu verlieren, diese Momente zu verlieren, nagte an ihr. Alles war unglaublich ruhig, still, leer. Ihre Küsse waren perfekt, ihre Umarmungen synchronisiert, darauf verstanden sie sich meisterlich, sie trennten sich zufrieden, gut gelaunt, scherzend. Wenn sie sich nicht sahen, fehlte Julien ihr nicht. Manchmal sah sie Fragmente früherer Tage vor sich wie die Szenen eines Films, den sie vor langer Zeit angeschaut hatte, dessen Titel und Geschichte sie vergessen hatte, der sein Licht, seine Musik, seinen Sinn verloren hatte. Sie hatte den Eindruck, dass ihre Verabredungen eine Art Abschied waren, weil sie nicht voneinander lassen konnten, dehnten sie den Moment des Gehens aus.

Juliens Haus befand sich am Rand des großen Parks im Süden von Paris. Vom frischen, feuchten Wind bekam sie Gänsehaut. Sie knöpfte ihren Sommermantel bis zum Hals zu. Es begann zu nieseln. Sie öffnete ihren Regenschirm. Unter der durchsichtigen Kuppel, in ihrem Mantel mit roten rosa grünen ockerfarbenen Wildblumen sah sie aus wie das wandelnde Treibhaus einer exotischen Pflanze.

Als sie gerade die Stufen zur Metro hinuntergehen wollte, blieb ihr Mantel an etwas hängen. Ohne sich umzudrehen, zog sie am Stoff, um ihn loszumachen, und ging weiter. Als ihr Mantel wieder hängen blieb, schaute sie sich um und sah zwei junge Frauen gleich hinter ihr, die in Lachen ausbrachen. Eine von ihnen stand auf dem Saum des Mantels. Entnervt machte Esha sich los, schüttelte den Kopf und ging weiter. Die jungen Frauen rempelten sie im Vorbeigehen an, groß und muskulös, Göttinnen aus schwarzem Granit, immer noch lachend drehten sie sich zu ihr um.

»Geht's noch?«

»Hast du ein Problem?«

Eine von ihnen machte kehrt, baute sich vor Esha auf. Die andere betrachtete sie ein wenig spöttisch aus der Distanz.

»Ihr seid absichtlich auf meinen Mantel getreten, schaut, ihr habt ihn schmutzig gemacht, dann habt ihr mich angerempelt und jetzt fragt ihr, ob ich ein Problem habe?«

Das Mädchen schaute sie böse an und brüllte: »Dann

zieh das nächste Mal halt 'nen billigeren Mantel an! Wenn er dir so wichtig ist, dein Mantel, dann lass ihn nicht über den Boden schleifen!«

»Ihr seid draufgetreten!«

Das andere Mädchen kam näher, versuchte, ihre Freundin zu beruhigen.

»Lass gut sein! Sie hat sie nicht alle.«

»Ich glaub, ich hör nicht richtig! Für wen hält sie sich? Willst du sehen, was ich mit dir mache?«

Mit einem Mal wurde sie bedrohlich.

Nicht wirklich überrascht, eher genervt, in diese blöde Situation verwickelt zu sein, schaute Esha sich um, in der Hoffnung, auf jemanden zu stoßen, der sich einmischen würde. Es war Ende August, und die Metro war leer. Sie sagte nichts mehr und versuchte, an dem Mädchen vorbeizukommen, um die Treppe zu nehmen. Es stellte sich ihr in den Weg und zog die Augenbrauen hoch. Das andere Mädchen lachte. »Du bist verrückt! Lass sie!«

»Ihre Fresse gefällt mir nicht. Hast du gehört, wie sie redet?«

Sie imitierte ihre Stimme, rollte die Rs und brach ebenfalls in Lachen aus.

Esha machte kehrt. Stieg die Stufen wieder hoch. Aber die Mädchen folgten ihr. Die eine entschlossener als die andere. Esha ging nicht über die Straße. Sie betrat die Einkaufspassage auf der linken Seite, unter den Arkaden. Die meisten Läden hatten geschlossen. Sie betrat einen Zeitungsladen. Ein altes Paar saß hinter der Kasse. Sie griff sich zwei beliebige Frauenzeitschriften, bezahlte und sah durch die gläserne Eingangstür wieder die beiden Mädchen. Es schien, als warteten sie auf sie. Esha erklärte dem Paar an der Kasse, dass die beiden jungen Frauen sie verfolgten.

»Die Mädchen? Sie werden von Mädchen verfolgt? Was es nicht alles gibt!«, rief die Frau.

»Verfolgt, sagen Sie? Da müssen Sie zur Polizei gehen, wenn Sie verfolgt werden, wir haben den Laden, wir können nichts für Sie tun«, mischte sich der Mann ein.

Esha verließ das Geschäft und ging auf die Mädchen zu, um sie zur Vernunft zu bringen. Aber als sie wieder anfingen, sie anzuschreien, gab sie auf und lief durch die Arkaden. Es war dunkel, die Stadt war in eine dicke Regenwolke gehüllt, beim Optiker gegenüber brannte Licht. In dem Augenblick, als sie auf die Straße und zur Metro zurück wollte, holten die Mädchen sie ein, ihre Schritte hallten auf den Betonplatten der Passage, diese Mädchen, die man zu lange auf der anderen Seite der roten Linie ihrem Schicksal überlassen hatte, in der Peripherie, übertraten jetzt die Zäune, rissen die Türen ein, sie beschwerten sich und forderten wie ihre Brüder, Cousins, Freunde ihren Teil vom Leben, der viel zu lange vergessen und unterdrückt worden war. Esha sah, was kommen würde, erstarrte vor Angst, durchlebte den Akt, bevor er passierte, als ob sie ihn geplant hätte. Was sie sich vorstellte und was mit ihr geschah, verschmolz in einer Bewegung, einer Welle eines kräftigen, von Wut gepackten Körpers. Die Anführerin verpasste ihr eine schallende Ohrfeige auf das linke Auge. Esha öffnete den Mund, um zu schreien, aber vor Scham verschlug es ihr die Stimme, und das Mädchen versetzte ihr einen weiteren Schlag ins Gesicht, Esha verlor das Gleichgewicht, ihre Aktentasche fiel ihr aus der Hand, ihr Körper schwankte, sie krallte sich an den kakifarbenen, nach einem süßen Parfüm stinkenden Parka der jungen Frau, die sich losriss und ihrer Tasche auf dem Boden einen Tritt versetzte, das andere Mädchen trampelte auf der Tasche herum und beugte sich dann hinunter, zerrte die Dokumente hervor, das Portemonnaie, den Aufenthaltstitel, die Eingangsbestätigung des Antrags auf Einbürgerung, ein paar Scheine und Münzen, Briefmarken und Fotos ihrer alt gewordenen Eltern. Sie warfen all diese Dinge durch die Luft, zerrissen manches und rannten dann weg, lachend, johlend.

Größenwahn

Ihre Wange brannte. Sie legte die Hand auf ihr Gesicht, auf ihr linkes Auge, drückte leicht und spürte, wie ihr Augapfel sich unter ihrer Hand bewegte. Polizisten betraten den Empfangsraum, gingen wieder in den Flur. Der Plastikstuhl war zu hart. Die Wartezeit schien ihr unendlich. Esha hatte Lust, sich hinzulegen, sich mit vielen gepolsterten Lagen zuzudecken, ihren Kopf und ihre Füße in weiche, warme, unförmige Kissen sinken zu lassen. Sie hatte Lust, Milch zu trinken, ihren Körper damit zu füllen, in einer Flut aus Milch zu ertrinken.

»Meine Kollegin ruft Sie gleich auf, sie wird Ihre Anzeige aufnehmen.« Der Polizist musterte sie lange. »Alles in Ordnung?«

Esha nahm die Hand von ihrem Gesicht und legte sie auf ihre Tasche, dann nickte sie. Sie wich dem Blick des Polizisten aus, der sich zu ihr gebeugt hatte. »Sagen Sie Bescheid, wenn Sie etwas brauchen! Ich bin da.«

Er streichelte über seine Koteletten und seinen dünnen Bart, der seinem schönen Gesicht Kontur verlieh. Seine goldenen Ohrringe glänzten im Licht der Deckenlampe.

Esha entschied, keine Anzeige zu erstatten. Sie stand auf und ging zur Tür, nahm den Griff in die Hand, spürte die Kühle des Metalls in ihrer Hand und öffnete sie. Vor dem Polizeirevier, unter den Arkaden, atmete sie tief durch. Der Abendwind zerzauste ihr Haar. Sie ging die Straße hinunter, wartete nicht auf den Bus, rief kein Taxi und ging zu Fuß nach Hause.

Sie dachte an den jungen Iren, der sich aus ärmlichen Verhältnissen in die höchsten gesellschaftlichen Kreise der Engländer hochgearbeitet hatte, er hatte eine Lady verführt, war Lord geworden und hatte dann alles zerstört. Dieser Film berührte sie jedes Mal von Neuem, vor allem die letzte Szene, in der man den Mann von hinten sah, wie er mit einem amputierten Bein in eine Kutsche stieg, auf seine Krücken gestützt.

In ihrer Wohnung ließ sie sich auf den Teppich fallen und dachte daran, dass die Welt keinen Barry Lyndon und keinen Julien Sorel ertrug, sie verzieh ihnen ihre Kühnheit nicht und musste sie letztendlich brechen, zerquetschen, zermalmen, sie zurück in den Staub und den Matsch stoßen, in den sie gehörten. Sie sagte sich, dass sie es nicht hätte wagen dürfen, dass sie nicht bleiben, nicht hartnäckig und beharrlich sein durfte. Sie musste die ersten Herbste in Erinnerung behalten, das Leuchten der Stadt, das Lächeln und die Blicke aus der Ferne, sie musste Fremde unter Fremden bleiben, sie durfte nicht in den Bauch des Wals hinabsteigen, in die Innereien, in das Gerippe der Stadt.

Sie stand auf, schenkte sich Weißwein ein, presste das Glas an ihre Schläfe, fühlte die Kühle und trank einen Schluck. Sie öffnete das Fenster. Im Haus gegenüber brannte hier und da Licht. Durch den Vorhang der Nacht schienen gelbe, orange, rote, violette Lichter, hinter den Häusern, hinter dem Friedhof pulsierte die Stadt, der Himmel kräuselte sich wie Rauchschwaden, die das Laserschwert des Turms zerschnitt. Auf die schmiedeeiserne Brüstung ihres Fensters gestützt, trank Esha weiter.

Sie überlegte, dass sie wie die anderen werden musste, die gleiche Haut, die gleichen Haare, die gleiche Größe, derselbe Körperbau, dass sie schwarze, graue, farblose, geruchlose Kleider tragen musste, vielgesichtiger Prototyp für einen Klon unter Klonen, um mit der Masse zu verschmelzen, ihren Körper mit einem Haufen anderer Körper zu verschmelzen, die Konturen zu verlieren, das Fleisch auszulöschen, um sich drängen, stapeln, ausnehmen und auslöschen zu lassen. Sie musste die Bienen töten, die statt Worten in ihrem Kopf summten, sie bei jedem Schritt begleiteten, ihr folgten, ihr Gesicht umkreisten, die Leute bemerkten es, sie sahen, dass ihr, auch wenn sie alleine war, die Worte aus dem Mund schäumten, aus ihrem Kopf hervorquollen, dass ihr Blick abschweifte, dass sie sich in Gedanken verlor, andere ansprach, ihnen zuhörte, aber nicht mehr da war.

Ihr Glas war leer. Esha starrte hinein und dachte, dass ein Kreis zurückblieb, eine Parallelwelt, in der die Wege zusammenliefen, die Grenzen verwischten, wo die Leute frei und leidenschaftlich lebten. Sie dachte an das Landhaus von Julien, an seine Freunde, die ihr Leben damit verbrachten, zu lesen, zu schreiben und gemeinsame Werke zu schaffen. Sie betrachtete die Gebäude in der Umgebung, ihre Balkone und Blumenkästen, die Kletterpflanzen, die sich anmutig die Mauer hinaufschlängelten, die gedämpften Lichter, die das Private kaum beleuchteten. Sie sagte sich, dass es irgendwo sicher eine Harmonie zwischen diesen Menschen gab, zwischen ihren Wänden, zwischen ihren Metzgern, Bäckern, Nachtwächtern, Nachbarn, dass es sicher Codes gab, um in seinem eigenen Raum zu überleben, ohne die Wände der anderen einzureißen, um zu atmen und die Welt zu betrachten, ohne einen Schlag ins Gesicht zu bekommen, und dass sie diese Regeln nicht verstand, dass sie in dieser Stadt gelebt hatte, ohne sie zu verstehen, während sie ungeschickt, stur mit vergilbten, stockfleckigen Postkarten hantierte, die von einer anderen Stadt, einem anderen Leben, einer anderen Zeit erzählten. Sie hatte den Eindruck, dass sie diese Stadt blind, linkisch und egoistisch geliebt hatte; dass sie sich mit kindischen Turnübungen der Realität verweigert hatte.

Sie dachte an die Sänger, Filmemacher, Journalisten und Fernsehstars, die auf Entdeckungsreisen gingen, andere Zivilisationen besuchten, ohne dass ihre Füße den Boden berührten, kein Stäubchen, kein Schlamm beschmutzte ihren Elan oder ihre Liebe für die Menschheit. Sie wusste, dass sie irgendwo in dieser Stadt lebten, in einem Treibhaus für exotische Pflanzen, schön, zufrieden, glücklich, weit weg von der gehetzten Masse in der Metro und den Vorstadtzügen, ihren endlosen Gängen, wo sich die Mäuse in die Ritzen flüchteten, um nicht zerdrückt zu werden, wo der Geruch von Urin die Lungen in eine gelbe Wolke hüllte, weit weg von den Bahnhöfen, Supermärkten, Hochhäusern, Bar-Tabacs, die summten wie Wespennester, wo die Wörter wie Gift flossen, wo die Leute bereit waren, übereinander herzufallen, zu vergewaltigen, zu prügeln, brennende Flaschen zu werfen, Schaufenster, Autos und die Fressen der anderen kaputtzuschlagen.

Sie goss sich noch ein Glas Weißwein ein und spürte, wie eine plötzliche Energie ihren Körper durchströmte. Sie löschte alle Lampen in ihrer Wohnung und zündete überall Duftkerzen an, setzte ihre Kopfhörer auf, drehte auf volle Lautstärke und schrie mit Christine and the Queens »Stella chériiiiie«, auch sie wollte weggehen, die Galaxie bereisen, zu sterbenden Sternen.

Sie trank und schrie weiter, bewegte sich zur Musik. Die Kerzen tropften, verformten sich, die Flammen schlugen immer höher, aber Esha bemerkte sie nicht. Sie riss sich die Kopfhörer von den Ohren. Beugte sich über die Brüstung. Sagte sich, dass sie eine blonde Perücke aufziehen würde, kinnlange Haare, leicht gelockt, mit einer Strähne über der Stirn, dann würde sie sich die Beine durch einen schmerzhaften medizinischen Eingriff verlängern lassen, für den sie Metallgestelle tragen müsste, sie würde ihr Blut austauschen, ihre Venen mit einem neuen Guss versehen lassen, die Reserven würde sie in Reichweite in ihrem Kühlschrank aufbewahren, sie würde Säure über ihren Körper schütten und sich die Haut bleichen, sich die Augen ausstechen, würde die Welt in Blau, Grün, Grau, Braun sehen, durch die farbigen Gläser kostbarer Pupillen.

Das ganze Haus war mittlerweile dunkel und still. Der Durchgang lag verlassen da und die Luft war reglos, kein Duft stieg von den Kletterpflanzen die Mauer hinauf. Nur ein Zimmer war belebt, wie ein Hexenhäuschen, und inmitten dieser Reglosigkeit sann eine Kerze, die zu lange gebrannt hatte, auf Rache, ihre breite Zunge packte ein Stück Stoff. Esha sah nicht, dass der Vorhang Feuer gefangen hatte, dass die Flammen nach oben drängten und den roten Samt verschlangen. Sie roch den Rauch nicht, spürte die Hitze an ihren Beinen nicht, neben ihrem Regal, wo die Bücher immer heller glänzten. Sie stand am Fenster, den Oberkörper über die Brüstung gebeugt, während das Laserschwert des Turms die Stadt in zwei Teile schnitt, in drei, in tausend.

Aus unserem Verlagsprogramm